我和我的5個Kelvin

上

葉志偉

成長的遺恨

> 為甚麼人年少時，一定要讓心愛的人受傷？
> ——劉若英〈後來〉

《我和我的 5 個 Kelvin》是我與台灣「基本書坊」合作的第二個作品。也是拖了好一段時間，只因為太忙，又太懶……其實是《我和我的 5 個 Kelvin》寫得太久，重寫又重寫了幾次，當然，這是一個對我太重要的故事。

一切，從〈後來〉開始！

我記得那一天，是二千年初，在友人家，他讓我知道劉若英會唱歌。第一次聽她唱的就是這首〈後來〉。那天晚上，我們一共重播了幾十次，心中暗暗咒罵：「是誰人寫這種歌詞的？討厭死了！」

然後，這首歌變成了友人間的「校歌」，在卡拉 OK 一播，全體起立，先鞠躬，再合唱；一次不夠，立刻就要再重播一次。有人更因為這首歌的 MTV，特地找了《Boy Meets Girl》來看。

基佬，尤其是得不到愛情的基佬，總習慣有點自憐，有點悲情，有點偶像劇的情緒——統稱 drama queen；最好失戀晚上下著大雨，好讓他站在雨下大叫：「點解？（為什麼）」

只因一直以來，我們能得到真愛的太過少，比起鬼魂更是罕有。

你可有試過，某個晚上，無意地（其實是有意的）收拾舊物，然後再無意地拿出從前男朋友的信物、相片、情書出來，一一細味，想：「不知他現在怎樣了！」又或是：「到今天竟還能這樣恨他！」

未知你有否想過，他走了，留下的除了是舊物，還有甚麼？

借用自己小説《突然獨身》裡面一段我很喜歡的一段文字來説明：

> 那是在 City-Super 買 angel hair、在恭和堂吃龜苓膏、看見正要駛往跑馬地的電車、在戲院中流眼淚、新出版的 Capital、CK-One 的香味、報紙上水瓶座的每日運程……那一種傷感是，你和他已經糾結在一起的生活，不自覺中滲透入你的皮膚、血液、骨髓之中，變成你生活的力量。

對！每個人離開，只要你愛過他，只要你和他相處過，或多或少，「他」已經在你的身上留下了印記，成為你身體靈魂的一部份。

記得《Sex and the City》裡，問題女 Carrie 曾經問過：「於愛情世界裡，到底我們愈愛愈聰明，還是愈愛愈愚蠢呢？」

我想知道，到底我們由年輕時剛入這行業（所有同志都是同行呀！），對愛情世界抱著一種怎樣的期望、想法、目標，但當經歷過一次又一次的情傷（眼見大部份同業都絕少一次戀愛就到老呀！），人漸漸成長，我們的心理，生理，承受過這樣多次無情的打擊之後，外表沒有死；當然絕不能死，就算真死了，我們還要似電燈泡般一直發熱發亮；可是，心呢？會潰爛成怎樣的程度？

我們會放棄嗎？

我們還會信愛情嗎？

不信又怎樣活下去？

我們會進化成甚麼樣子？

……還是我們真如火鳳凰，浴火後重生。

這就是我寫《我和我的 5 個 Kelvin》的原因。一個由少年至中年的故事，由開始戀愛，到失望，到成長的故事。看看他，在愛情行業中受到無情的打擊之後，是否還能無私地相信愛。

這個在 2005 年構思的故事，到 2008 年才真正下筆。我又忍不住加入了成長的背景，香港的一些地標，算是對我成長年代的那一個美好的香港致敬。

寫這故事的時候，我身體與精神正處於一種極不穩定的狀態，很多有關於成長的事情發生，很多事情需要抉擇，但當我和主角一起經歷了十多年的人生，完成的一刻，我知道選擇了甚麼！

正如故事中的主角 Clive，由本來的天真純愛，變成一般常人的現實穩重，年輕時我或會很介意，但我發現，變得聰明並不是一件壞事。到底，世上只有極少人，能真正地享有零污染的純愛……可是，被污染了的地球我們也活得很暢快呀！

我沒有宗教信仰，對我來說，愛情是其中一種宗教。愛情或是生命本來就是現實的，也是我想在這故事帶出來的重點，正如我在香港版的序中寫過：「本

來心裡是想要寫一個浪漫的愛情故事，甜至爛牙的那一種，但本性難移；雖然我非一個完全不帶浪漫主義的人，可是我只覺得完全徹底的浪漫只應在虛構的電影、偶像劇裡發生。一般小市民的愛情，不得不帶點現實主義，就算有浪漫也是短暫的，急促的。」

《我和我的 5 個 Kelvin》，是我能寫，最貼近浪漫的現實化故事，希望大家能夠諒解；若真要找純愛故事，請看 BL 漫畫。

故事中，我加入了不同的真人訪問，以和主角的處境作對照，亦是我很喜歡的部份。當然，少不了的是香港用語註釋，亦為「華語版」所獨有，請細心品嘗。

完成故事後，亦請好好回想一下你恨過的愛人，是時候放下他們與感謝他們了。

最後，感謝台灣「基本書坊」，終於能交出一份及格的作品，讓他們發行。當然，還有本書的製作團隊，除了邵祺邁先生外，還有再次為我的小說裝幀的 Winder Design。還有一直越洋發訊息給我的台灣讀者，對，我是繼續寫作中，只是在台灣發行，需要多一點時間作翻譯吧！還有，我記得那天面對面的承諾，要是大家願意，總有天我會到高雄去見大家！

2012 年 9 月

香港

很滿足的葉志偉

目錄

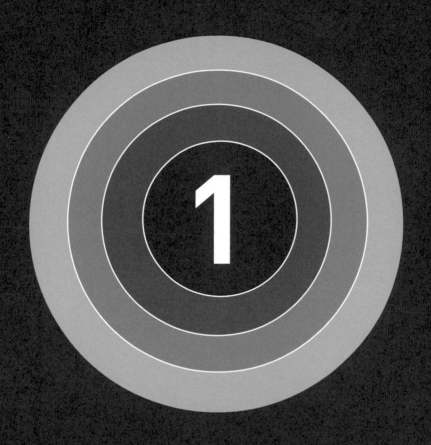

天地初開時總是一片混亂

1.0

你搬過家嗎？

你搬家的心情是興奮還是煩惱？

我？

快煩死了。

這輩子最怕處理瑣碎的事情，偏偏搬家就是所有瑣碎事情的大雜燴。

第一次搬家是中一，一九八五年的聖誕節假期，從細小的徙置區單位搬到有獨立廚廁的新型號公共屋邨[1] 東頭。那次的心情是非常興奮，因為年紀小，一切都由長輩負責，我坐享其成，自是興奮。

二零零八年新年，第二次搬家。從當初預計買房子而省吃儉用，戒絕名牌與夜蒲，還以為就是終極付出。但我從沒想過有了錢之後，還要看房子，做按揭（抵押並分期付款），請律師，約裝修，置傢具，擇日子……除了這許多的功夫，就是填那些轉地址表格，就似是沒完沒了的差事；還有，我最討厭填表格。身為同性戀者，很多時答應同居，某程度上就等同異性戀者結婚，到底是怎麼樣的一回事？

自從我二十歲踏入這個圈子，還未初戀，腦中就會湧起這個景象：背景音樂是 Bangles 的〈Eternal Flame〉，男人打開門，我們飄然高貴地走進新居中，他抱著我凌空轉兩個半圈，然後一直地轉圈轉圈轉圈，雙雙暈倒在沙發上面，好快樂的樣子。夢得出這個畫面，都怪我沉迷異性戀電視劇所致。

1

三年多前與 Kelvin 拍拖，剛過了試用期，就一直提出同居的要求；這是以一生一世為目標的戀愛。經過三年多，他終於答應搬出來；別怪他，要離開母親與家人跟我同居，對他來說並不是一件容易事。其實他的家人也認識我，甚至乎頗喜歡我的——我相信！

目標達成，理應是高興的。但經過這半年的折騰，甚麼浪漫的幻想也給磨得半點不剩。

我的熱情由當初就是挑一盞企燈（立燈），也要跑十家店，來到今天已是妄想在兩個小時內，在一個商場裡買齊所有東西。

至於同居值不值得？暫時腦子沒空去想，因為我正在經歷生離死別。

明天就要正式入伙，Kelvin 也有東西要收拾，只好各自努力。可是他還好，只是人搬出來，老家仍在，所以只是搬東西；我卻是搬家，這一搬，似是把我從十二至三十四歲過去這二十二年的所有，一次去蕪存菁連根拔起。

我是有名的「環保分子」——即喜歡收藏物件，拋棄與收拾都是件苦差。有時從床底找出來的東西，連我也不知道那是甚麼！

公共屋邨：香港的公共屋邨，等同台灣的「鬼國民住宅」（我看以前的台灣電影，都是這樣罵的，至於是否有鬼，我就不太清楚了），專供沒有錢的窮等人家申請入住。小弟亦是在這等香港人俗稱的公屋成長的！

話雖如此，這幾天對著這間以為住膩了的舊公屋，竟有點不捨的感覺。仔細地看一看，地上的磁磚還是二十二年前的款式；廚房門邊這位置，從前媽媽總喜歡蹲著剁肉切菜，所以地磚上滿佈裂痕；露台邊這扇門，嫲嫲最喜愛坐在前面梳髮髻，貪光線充足，也為了省電；露台那扇玻璃門缺了一塊，是與哥哥玩「推來推去」時打破的，一直沒有維修，我貼了一張海報上去掩飾；書櫃後那面牆，是我和朋友一手一腳塗成紫色，因為手工奇差，又以一個書櫃遮蔽；還有身邊這張曾經給很多很多很多人睡過的沙發床……這許多的歷史與記憶，我的前半生，一下子給翻箱倒櫃似的全倒出來，就似是在牆邊發現一塊攀藤植物的葉子，想把它拔走，才發現它的根不知源之何處，一邊搜尋，不知不覺已去到天荒地老；它是這麼的幼小，無力，可又那麼的糾纏不清。

明天十時搬運公司就來到，我邊看邊感觸，仍是收拾得天一半，地一半的。應該拋棄的，不應該拋棄的；現在我就是這麼一點拖泥帶水，捨不得哩！

這樣子不成，要請外援。

「Clive 你簡直就是傳說中的『公屋儲物狂』。嘩！你這個鞋盒有古怪。看這些千年前的戲票票根都留著來幹甚麼？憑弔嗎？嘩……為什麼裡面會有唐文龍與甄楚倩的台灣版 CD，Madonna 的《Music》也有兩張？難怪你 pack 箱 pack 了一輩子也完不了。你這個垃圾婆，讓我再看還有甚麼寶物，其他的統統拋掉。」Arthur 邊幫我打包行李，一邊嘮叨著，還在一邊疑似偷竊。

Arthur 是我 friendmily「友庭」家族中的「元老級」。可別看他這人喋喋不休，似乎很難纏，其實他只是對友好才這樣多話，平常可是守口如瓶，但一出口就是字字珠璣，所以相識滿天下。他比我大五年，今年剛踏入四十歲，可是看起來完全沒有小時候認知四十歲的老態。他有細小火字臉，上尖下圓，五

官米字型排列，眼小、鼻小、嘴巴小，日本式的外表與「小腰精」身材總是不顯老。

他很早就看出世界的殘酷，無能為力下再加上金牛座的影響，他的口頭禪是：「隨你喜歡吧！」──只欠「老闆」兩個字，就十足三流舞廳的陪坐小姐口吻。

當我們一起填寫表格，要選年齡組別時，人家的分類永遠是，年齡：

☐ 20–24
☐ 25–29
☐ 30–34
☐ 35–39
☐ 40–45……

就因為這五年，我就似是永遠地和他有著一個方格的距離，讓我去追，去依賴。

我說這五年就等同他比我多五百年道行；那是我們看過李碧華的《青蛇》後拿來做的比喻，他永遠是白，我永遠是青──當然，我們有爭吵過，卻沒爭過男人，才能維持這樣長久的友庭式關係。每當有事想不通，總會找他，他定必有方法滿足我的求知慾。

「這東西我放好了，你又拿出來幹甚麼？」

「甚麼來的？定情信物？」

「是！這都是定情信物，不要碰，裡面的東西都下了降頭！」

「人走茶涼，留這些破銅爛鐵來幹甚麼？」

「有時人 keep 不到，有些東西憑弔也是好的。」我一手搶過那個舊鞋盒。

「哼！別以為我很稀罕。」他冷笑了一下，裝一副疲倦的樣子繼續說：「突然間竟累起來，先休息一會吧！」

「一叫你工作就累。」

「Phil 甚麼時候到？等他那個飯盒來救命的話，我們早餓死了。有東西吃嗎？」他一下子坐到放滿雜物的沙發椅上，又扭起小蠻腰來點煙。

「例遲先生說十分鐘內到，現在已過了二十分鐘，應該差不多了。」我坐在他對面的箱子堆上，也拿了根香煙抽起來。

Arthur 藐了我一下：「戒煙？我呸！你要戒男人還比較容易。快說，CD 誰給你的？」他朝我手上的舊鞋盒一瞥。

「不是說不稀罕嗎？…這些東西還不是 Kelvin 送的！」我說罷，又深深吸一口煙。太久沒抽，尼古丁影響著我血液快速流動，腦袋一陣眩暈。

「當然是 Kelvin，你幾乎所有男人都叫 Kelvin 吧？真冤孽！你幾乎和全香港，甚至全宇宙的 Kelvin 都『有一手』。一聽見男人叫 Kelvin，就『發軟蹄』，暈死在 Disco 地板，任人魚肉。」

14

「這是當年空少 Kelvin 買給我的。」

「還有聯絡嗎？」

我搖了搖頭：「沒這個必要……我和舊男友都做不回朋友的。這張《Music》是日本版，多一首歌；台灣版的唐文龍與甄楚倩[2] CD 也是他送的。至於這些舊戲票，我不是全儲起的，只是和男友去拍拖看的才會收藏起來。你看這個是大華戲院《My Own Private Idaho》（男人的一半還是男人）早場、普慶戲院看《東邪西毒》、紐約戲院看《甜蜜蜜》……還有快樂、百樂、舊海運、新華、影藝。都是絕版，我遲些不夠錢用就拿到 e-bay 拍賣。」我笑著說。

他一手就拿起那新寶戲院票根說：「拍拖？這我記得是看《嫲嫲帆帆》，第一次見你，一班人去看這套只值兩個蘋果的電影，你竟然在彌敦道，大街大巷哭得死去活來。那時我心想，這個人有病，少碰為妙。哈！」

「這張有特別意義！那時我媽過世不到半年，看到聽到甚麼講死母親的，一律哭得不能收。竟然連聽那年的十大金曲，黎先生唱的〈情深說話未曾講〉也聽不完一首。後來我查過《精神疾病診斷與統計手冊》才知道，那時我應是

2

唐文龍與甄楚倩：八、九十年代香港歌星，亦都曾在台灣推出唱片。及後，甄拍了三級片，變成艷星。而唐先生亦轉型拍電視劇。

有輕微的 mood disorder（情緒病），所以看這套爛片也似孟姜女哭崩長城！」我把那些舊東西收回原位，才又繼續說：「你不會覺得年輕時總是特別容易感動，容易哭，容易愛嗎？」

Arthur 說：「對，mood disorder 引至你性濫交？一見 Kelvin 就自動獻身？誰人沒年輕過？據我說那時是年少無知，不懂帶眼識人，年輕嘛！皮肉嫩，全身也是敏感帶，給人親一下也特別有反應。現在三十望四十，皮乾肉厚，新陳代謝減慢，自然不那麼容易感動；而且流了這許多年，眼淚也應該流乾了。現在不是很好嗎？有新房子住，又有男人……這些舊東西留來刺眼，都是你當年年少無知的證據，倒不如統統交給我處理。」

他邊說竟拿起 CD 放到自己的袋裡去，我走過去搶，於是我們拿著 CD 扭作一團。

這時門鐘響起來，我們兩個齊聲歡呼。我捧著一堆 CD 走去應門時不忘拋下一句：「這些 CD，你妄想要。如果你真想要，下次我去台灣二手店給你找找看。還有，我比你小五歲，所以應比你敏感。哈哈！」

我和 Arthur 兩個人咬著 Phil 帶上來的梅菜肉餅飯，把工作留給他做。

在我的舊物堆中，Phil 又似是發現新大陸般：「這舊傳呼機，NEC……還是沒中文顯示的數字機，留著幹麼？別說你這樣浪漫，為了等一個男人，所以keep 著交月費，等他 call 你。」

「神經病，這個是我踏入這個圈子的紀念品呀。那次掉到廁所裡去弄壞了。你還記得那次參加『十分一會』（香港早期著名的同志團體）活動，去中灣摺幸

運星嗎？是我 come out 第一炮。」我把玩著傳呼機説。

「記得，那個極之無聊的活動。四十個基佬在大會堂門前集合，還要坐旅遊巴士，去中灣摺幸運星，又熱又多蚊，主辦單位又沒安排俊男作水著（泳裝）裝扮。如果不是那時的男朋友強迫我，我死也不會參加。嘩！王菲第一個《號外》封面，可以給我嗎？」Phil 口中説著，手仍是不停。

我正想回應，Arthur 插咀説：「唏！那時候年輕，精力旺盛，賀爾蒙亂分泌，又沒有甚麼地方蒲，有機會給你們認識新男人，莫説是中灣摺星星，就是去你家對面的啟德明渠[3] 燒衣，也是人才濟濟。」

「你肚子不餓嗎？這傳呼機是我當年為了參加這活動而出的。你知我這人一向行事謹慎，第一次出席這類場合，又和家人一起住，總不能留家裡電話吧，所以就出了人生中第一部傳呼機，就是這個 NEC，還殺過價才買呢！這行為我當年自以為非常醒目的！」我説著，他們兩個人嘴角緊抿著忍笑，我才又指著 Phil 説：「對，你們沒做過這蠢事。個個像你，沒 come out 就一個人去看同志電影節，中途給

3

啟德明渠：啟德是香港地區，曾是著名啟德飛機場的所在地。明渠，就是溝渠，用來排放污水。以前，衛生情況差，香港有很多大溝渠都沒有上蓋，你可以看得見上面飄浮著垃圾的廢水流過。而住在附近的屋民，就不得不忍受那臭味了！現在啟德明渠仍健在，歡迎參觀。

人摸大腿，然後就跟那人返家，最後失身。」

「又關我甚麼事？你呀！這個人就是過份精神緊張。Arthur 你知道嗎？那晚人家四處互相結交新朋友，他就死纏著我，還以為他喜歡我，嚇得我半死！那時我多大方，剛見面就寫了家中電話給他。」Phil 又彎下小胖腰，去收拾堆在地上的舊雜誌。

「小心扭傷，我明天要搬屋，今天沒時間陪你入醫院。你別把事情說得曖曖昧昧，影射我們曾經有一腿似的。那時我真的覺得沒有可能和那裡的人談戀愛嘛！你懂得那個場合，光天化日，每個人都眉來眼去的，我還是處男，多尷尬，我想也沒有可能再來一次這種活動來丟人現眼。一見著這賤人和男友恩恩愛愛的，心裡想：『今晚一定最少要拿到一兩個人的電話，就由這connection 打出去，拓展我在這圈子的業務。這肥仔安全，應該不敢對我有非份之想，能在我控制範圍之下。』於是就整晚跟著他們這對。」我說。

「你這 control freak（操控狂）！難怪人家都說同志組織難做，就是有你這種人——打完齋不要和尚！」Phil 說。

Phil 是我進入同志圈第一個認識的朋友，事實證明我只是沒有挑男人的眼力；選擇朋友，我還有一手。

他除了熱愛遲到，年輕時他和我一樣熱愛藝術，有段日子，我倆都在中環上班，午飯時間天天混在一起，為了省錢，叫媽媽做飯盒帶著上班，用十分鐘吃了就相約在太子大廈的 HMV 邊聽歌邊等，到 Landmark 看貴價名牌貨增廣見聞，偶爾站在地牢那一層的走廊，偷看那些進去附近漁塘⁴的基佬來打發時間，然後又把省下來的錢都胡亂花費到 CD、雜誌、海報、電影、舞台劇上去。

Phil 全天然地身粗手粗，白皙嫩肉又平均地長在身上，還長胸毛哩；不似那個阿德，學人吃胖自己充熊族，結果只胖肚子，手腳幼小得似是附送在身上的牙籤，名副其實「扮熊不成反類豬」！

記得剛認識 Phil，仍未流行胖熊科，他也試過減肥，可是一減起來就又黑又殘，像隔夜煙薰白糖糕，最終放棄了。他一向是全天然無添加的大骨頭 full-figure model[5]，因為不管他如何胖，一張臉仍得天獨厚的看得見顴骨與下頦；所以胖起來不屬可愛而是剛毅，現在身體長得白白胖胖的，更留起腮鬚子來，走「小熊」路線。在沒有流行熊族時就早已人見人愛，車見車載，和他吃飯時我都一直抱怨：「我要小心飲食，你卻大魚大肉，上天當真不公平！」他近年可是愈來愈胖了，反而擔心他的身體。

Phil 問我：「你這些儲了十多年的《號外》和雜誌都真的不要了嗎？」

「玩物喪志，我都很多年沒有買了，你看到面前這一大堆是因為：『哎呀！好得意呀！』而買下來的東西。貨物不比男人，新鮮勁兒一過，會自行坐車回家，現在留著來不就是雞肋，要天天服侍他──掃塵。那天我想，如果我這輩

4

魚塘：八、九十年代（甚至更早以前）基佬釣男人的地方，不管是公園、公廁、商場、巴士站……，都統稱漁塘。至於甚麼人是魚？你猜猜！

5

full-figure model： 即「肥模」。有空請多看 America's Next Top Model（名模生死鬥），溫習功課，會學到很多有用的損人詞語的！

19

子沒買過這堆『好得意呀！』新屋應該會比現在大三百呎！這些雜誌，除了王菲、張曼玉、林憶蓮做封面，與一些特別期數都 keep 起外，餘下來的舊雜誌和那邊一大堆舞台劇的場刊，你自便，不要的我拿去廢紙回收商賣錢。」

「你捨得？」Phil 一臉依依不捨的，小熊爪輕輕撫摸著那堆舊雜誌。

「這兩天搬家，我發現有感情的東西才值錢，沒有感情的物件，就是回收商最親，有甚麼辦法！新居雖比這大五十呎，但還要放 Kelvin 的東西。如果我有本事，如果我新屋有一千呎，如果我月薪有五萬，如果我像你有家人幫忙供樓，可能我會捨不得！」

這句話由從前亂用錢的我說出來，突然覺得背心一陣涼意，彷彿聽見媽媽滿意的笑聲，不知從屋中哪裡漏出來。

「嘩！你還留著這張紙嗎？」Phil 突然興奮大叫起來，然後把一張舊紙遞過來給我。

我伸手接過，Arthur 問我：「甚麼來的？」

原來是那個《少女與寶石山洞》的激勵人心小故事：「是那時我和 Kelvin 分手又進醫院的低潮時期，這個男子拿上來給我貼到床頭去的激勵人心小故事。」

自從電腦流行起來，你有否經常收到友人 forward 別人 forward 別人 forward……給你，伴隨著一大堆似是很有意義的連鎖信式小故事、小訊息？

那些電郵有時是「友情是……」、「愛情是……」；又有時會是「給失戀的你一點安慰」、「給失業的你一點鼓勵」；又或是「XXX 艷照，三點全見版」、「七天增長你的陰莖」……對不起，後面的並非感人小故事，但大家也應該會收到過，並且考慮過是否有合用的。

回到正題，對於這種廉價非原創傳教式的宣傳品，我一向沒興趣，一見就大開殺戒，Delete！Delete！Delete！

直至那時剛與 Kelvin 分手，身患重病，又與剛參與了「生命動力」課程而變得極度 hyper（情緒高亢）的 Phil 吵大架的我，簡直連人也不想做了。

某天他突然出現在我家門前，我打開門，Phil 笑面迎人地捧了一條朱古力味卷蛋、大堆水果與一大煲鱷魚肉湯上來。那時面色蒼白，瘦得只剩一百一十磅的我一聲不響地吃卷蛋，喝湯，邊流眼淚，他則在旁邊看《美少女戰士 R》。

當然這種 drama queen 狀態，我三十歲前並不罕見的。

那天臨離開，Phil 就在我床頭貼上這張《少女與寶石山洞》的小故事。

我很感謝他，當然我不會因而對「生命動力」課程產生興趣，但他帶來的那個故事，雖然是虛構，還有點牽強地說道理，但我這輩子都記得；也許「生命動力」課程真的間接對我有點影響。

以下是《少女與寶石山洞》的故事：

很久很久以前，一位少女無意中幫助了神仙。於是神仙帶她來到一個山洞前。神仙說：「這是個寶石山洞。為了答謝妳，妳可以進去隨意取走一塊寶石。但請緊記，妳只能帶走一塊寶石離開山洞。」神仙打開了山洞的石門，然後就消失了。

少女走進山洞，被山洞中五光十色的寶石嚇呆了，心中盤算：「我定要選一塊最獨一無二的寶石離開。」

她邊走邊看，很快就被一塊發出火紅光芒的紅寶石所吸引。少女想：「就是它了！」但那紅寶石竟十分燙手，一拿起就立刻被燙傷了。她拋下紅寶石，心裡自我安慰著：「應該還有很多比它更好的寶石，再找吧！」

未幾，她又見到地上有一塊透明得像玻璃的鑽石，拿到手上，竟通透得看見手掌上的掌紋。她心不在焉的拿在手中把玩著，又轉了兩個彎，又被一塊冰藍色的寶石所吸引。她毫不猶豫地就放下手上的鑽石，拿起藍寶石。

這次的藍寶石，卻是冰涼徹骨的，放到口袋裡去，隔著一層布，也受不了那股寒氣，不得不放下它。

少女心中開始有些不忿：「明明找到最喜歡的，可是怎麼會帶不走呢！」

少女走了好久，心也開始慌起來。這時她開始感到神仙是有意留難她，這山洞又不知有多大，她又餓又累，所以她決定，待會見到喜歡的寶石，必定要盡力把它帶出這個山洞。

這時她又看見一塊有足球那般大的綠寶石。她沒顧後果，抱起寶石一邊跑，

一邊找出口，跑了一回兒，終於看到出口了，怎料卻在這當兒跌了一跤，扭傷了腳踝，她不得不放棄了。

走了這樣遠的路，結果甚麼也得不到，還扭傷了腳。她從地上拿起一條長手杖，支撐著離開了山洞。

離開山洞，少女坐倒在地上休息。這時她拿起手杖一看，竟也是一塊帶黃色的寶石。

她愛惜地輕撫著，因為她剛才借力，而弄出來的裂痕。

這時，少女終於明白，選擇的不是她，而是命運選中它。

雖然在她心中，偶然還會想起那燙手的紅寶石或是那重得無法承受的綠寶石。但她乎明白了一個道理，這支好像毫不起眼但曾經給過她幫忙的寶石杖，比起剛才那些令人眩目、刺眼的寶石，或者會有所不及，可是這寶石杖給她的支持與幫助，一起走過的一段路，她知道自己永遠都不會忘記。這支和她一起經歷過的寶石杖，已不是一般的寶石，而是「那支寶石杖」。

最後她帶著微笑回到家，從此過著知足、開心快樂的日子。

Arthur 與 Phil 離開時，已是凌晨二時許，我對著一個又一個紙皮箱，作最後的檢查，這時電話響起來。

「喂！東西收拾好了沒有？」那邊傳來 Kelvin 的聲音。

「差不多了，你呢？」我問他說。

「也好了，只不過是四五箱東西，若不是老媽在囉嗦，應在三個小時前完工。怎樣？要我過來幫忙嗎？」他關心地問著。

「我也快好了。你快睡才對，車是先到你那邊再到我這兒的。記得給我買早餐過來！」我笑著說。

「寒流襲港，聽說明早只有九度，早餐你還是喝熱奶茶好了。唔，那快點去睡吧。」他說罷，透過電話筒給我一個吻。

掛了線，我累得甚麼似的，洗了澡，坐在沙發上，拿起 Arthur 的煙來抽，肥貓技蘭皺起眉頭看著我手上的煙，又跑開了。我拿起放在檯面上那張印著《少女與寶石山洞》故事的紙，又看了一次，然後把它放到我的「記憶鞋盒」中。

這等無稽的寓言故事，早在我初中時期就已經看不上眼了。想不到當日竟讓我深深感動，還要對號入座似地把它嵌入自己的遭遇；難怪很多人總是遇上了大事，一時間受不了，就立刻轉行信教去！

就像我那時常說：「患重病時，就是吸一口氣也帶個啟示！」

可是……或者我的戀愛生涯就似是這個走進寶石山洞的少女。

我走進山洞的日子是一九九三年的夏天，我參加了「中灣摺幸運星」之旅。我還記得那天晚上，一個面目模糊的人塞了一粒幸運星給我。

那天晚上回到家，打開幸運星，字上面寫著：「你好 cute，我們可以交個朋友嗎？ Kenny！116888 a ／ c 98」[6]

Cute ？……Fine！從這天起，這輩子就從來只得到這個 cute 字，似乎沒有更貼切的了。

雖然我沒有打電話給那個 Kenny，但他卻是第一塊讓我注意到的寶石。

很古怪，很詭異，之後這許多年，我這樣 cute，當然有過好一些男人。他們除了 Kenny，彷彿還有些叫做 JohnsonPhilipMartinKarySimonAndyMikeHoffman 國豪子健得城誌修 Nathaniel，可是我這十五年的愛情生活中，叫我愛得最深，又跌得最痛的，偏偏都叫 Kelvin。

年輕基佬碰上的無非是男人，而我碰上的又無非是 Kelvin，真邪門——雖然我也不是不心甘情願的！

十五年，Kelvin 與那個 cute 字，一直跟著我——我也快三十五了，還能 cute 多久？—— 這不是命是甚麼？

6

116888 a ／ c 98：傳呼機年代，都是留這樣的電話。前面的是電話號碼，後面是你要傳呼的人的代號。

唯有認了！可是……

我忍不住，又打開了「記憶鞋盒」，從裡面拿出一件又一件東西來，慨嘆著在那不是很久很久以前，如果那時能勇敢多一點，如果那時能夠把持多一點……

可能人生要有一點出錯，才算是燦爛的人生。

我從盒中取出電影院票根，是《重慶森林》明珠戲院午夜場，那是一九九四年的初夏。

一九九四年的確是個好年頭，那年我廿一歲，是香港政府認定我在生理與心理上作為同性戀，也屬「非刑事化」。還有，那一年，我重考 A-Level 的英文科，終於能踏入大學讀書；媽媽還未過世，我每天也得喝涼茶；還有，香港經濟在回歸前顯得特別繁榮，所以信用卡欠款我只付「最低還款額」；還有還有，王靖雯終於改名為王菲，年尾兼且打敗「空洞派」歌女葉蒨文，獲得「最愛歡迎女歌手獎」…At last but not least，是我遇上了第一個 Kelvin。

「Clive！」

「是！」我轉過頭去。

忘了告訴你，我叫許振球，Clive，今年三十四歲半，我……喜歡男人！

不管是好是壞，事情都得有個開始

2.1

「Clive！」

「是！」Phil 叫我。我們正在灣仔利景酒店裡唱卡拉 OK，他手掌蓋著電話筒：「阿明說他們正在排隊買戲票，看《重慶森林》午夜場，你可以去嗎？」我拿著麥克風，心中盤算著。Phil 等得有點不耐煩：「喂！電話費四元一分鐘，到底去不去？阿明說今晚還會多叫幾個新朋友出來。」

嘩！新人？……

嘩！男人？……

「去！」不管那門禁，我可不想孤獨終老，這就是所有年輕基佬與家庭的最初衝突點——因為無法交待。

直佬和家人說一聲：「約了女朋友去拍拖。」家人認為是正常活動，傳宗接代，即時獲得夜歸通行證。但相信沒有多少家長在他兒子廿一歲時就能接受：「我今天晚上去溝仔¹，不用等我門！」為藉口——因此今天晚上又得找理由了。

撥著電話號碼盤算，上星期是朋友失戀，今個星期又用生日，會否太熟熟面：「阿媽，我今天晚上和朋友看午夜場……」

自從去年和 Phil 在一個同志活動認識，我們在很多方面都很合拍，又都在中環上班，即時打得火熱，幾乎天天見面。這一年，亦透過他認識了一班「同好」。

一九九四年，486 電腦與比磚頭還要重，加上通話費一分鐘四元的「Motorola

8200」震龜手提電話，已經是世界科技的尖端。沒有 chat room，沒有 fridae.asia，沒有 Facebook……如何識男人？

天無絕人之路，沒有電腦，仍有人腦。

要認識自己人，除了依靠那還在調校中、時靈時不靈的「基雷達」gay dar，亦有以下數條路可走：

1. 到漁塘、花園，亦即公廁、公眾浴室或是數個著名商場走走：先說公廁，就算是 Landmark 的廁所，打死我也不願去，自此在公眾地方我絕少上廁所。退而求其次，Phil 改帶我去同志密集的商場，我們叫作「花園」的地方見識見識，有人走過來搭訕，嚇得我走到七萬丈遠。我公廁不能去，而商場……還是會逛的，但會避開高同志密度的那幾個。我始終認為在公眾地方亂來不好，破壞形象的事情，不幹！

2. 參加同志組織，增廣見聞：有得學又有得玩，還有一班大哥哥大姐姐作牧者，送你一程。活動我參加過，沒興趣，政治就更沒「性」趣。雖然有人也是在這革命路上認識而結合，最後歸隱於江湖中；似是武

1

溝仔：港俚語，即結識男孩子，與男孩子約會。

- - - - - - - - - -

2

「97 吧」的 Tea Dance Party：九十年代，香港的同志活動場所不多，而位於蘭桂坊的「97 吧」，絕對是一個 Gay friendly 的酒吧。故至今仍維持著，每個星期五，黃昏六至八是 Gay Hour。以前「十分一會」每逢第一個星期天的下午二至六，亦會租用 97 作 Tea Dace Party（亦可叫 Noon Disco），以給香港同志一個結交好友的機會。現已停辦！

俠小說裡的愛侶。但明修棧道，暗渡陳倉一向不是我做事的風格，找男人就是找男人，少裝蒜！雖然 Phil 一直鼓勵我去參加甚麼講座，甚麼活動小組，但除了星期日下午在「97 吧」的 Tea Dance Party[2] 以外，我一直都沒參加。

3. 認識各個隱蔽蒲點與祕密基地後，做其獨行俠，一個人出沒「釣人」：經過一年的「香港同性戀導論 101」課程，自然認識一些蒲點與 sauna。那時我說：「仍未至於要到 sauna 找男人吧！」我是過份自負與對同志 sauna 有歧視的。至於酒吧、disco，還是一班人去比較恰當。所以，我選了第四種，一條比較正統與常見的大路。

於 Phil 的介紹下，認識了阿明，幾經試煉，終於「有幸」加入這個大家庭；雖然剛開始我就打定算盤要幾時離開。

剛認識時，實在有點欽佩阿明的：「為什麼他能認識這許多人？」

現在看來，阿明當然只是個普通基佬——三十歲，船務文員。一張蒼白瘦骨長方型臉，大顴骨，大腮骨，面頰卻從兩邊凹入去，似一個電腦化的阿拉伯「8」字，遠看又像個沙漏時計，時間都從他口中漏走了。

和他一起，基於他手上有一班人在；這就是我的第四條路——有甚麼辦法？

同志界的大家庭，可以透過古代部落系統來理解。阿明是這個家庭中的「族長」、「蜂后」、夜總會中的「媽媽生」。（即台灣所稱的「媽媽桑」）

當全世界年輕的基佬受到賀爾蒙分泌的影響，只顧發奮找男人，沒有空去理

會其他事務時，阿明則四大皆空—因為醜呀—自是有空去管理及掌管出席人士的生殺大權。

每到周末，風雲未變色，「蜂后」就會負責部落的聚會，這星期看電影，下星期去酒吧，下個月到大嶼山露營。那時候剛出來工作，收入都花到穿著打扮去，是難得有空閒錢去一次外地旅行的。

無錯，族人參與聚會可能是想見朋友，來一次「Sex and the City 式」的暢談，仔細交待過去一星期的生活，可是認識新朋友也是個重要活動──塘水滾塘魚是沒有好結果的。

來到夜場，有時撞到其他的「蜂后」，兩個部落的人就有機會互相認識，看上了拍拖，就似是兩個家族通婚，聲勢也就壯大起來。

這就是加入族群的重點，貪圖日後出問題時可以追究，而且剛開始時，追查起身世也比較容易。

身為一家之主，帶出來那位的品格出現了問題，或許會有人來找「蜂后」追究的：「你帶出來的那個 XXX，竟只是想玩玩的，弄得我們小白傷心欲絕……」之類。

正如陳百強也唱過「莫道你在選擇人，人亦能選擇你。」這句我以為只在愛情上發生；他們挑朋友也非常認真的。

至於要達到哪種程度的外表與情操才算是及格，我肯定他們是沒有標準的！

比如常在他身邊團團轉的愛將二人組，一個五呎十一卻似腫眼筋肉人，另一個……根本上他們就是金庸筆下的瘦、胖頭陀。一天到晚到健身房「練奶」，勤念「有男人愛我」心咒，絕對低品味……所以沒準則的。

當然，我對於這班朋友的質素是絕對有懷疑的。有時候和他們一起走在街上，他們所穿、所做、所說，那種招搖過市的態度，令我感到極不自在，暗暗在大隊中一直地墮後，墮後……假裝不認識。

選擇朋友很重要，人家良禽擇木而棲，可是乞丐是沒有選擇的權利了，我當時的選擇只是要與不要；Phil 在結交新朋友上絕對比我勤奮，他已盡了力，介紹了這班朋友給我，好讓我有個落腳地，還怎能向他投訴質素欠佳？

雖然我外表 cute，但個子小，天生皮膚黝黑，我知道阿明他們背後叫我：「賓仔」、「泰仔」；皆因香港有大量菲律賓與泰國傭工的存在，很多人都會覺得東南亞人士比他們低一級；簡直就是膚色歧視──以為就這樣可以把我的身價壓低了？

那時暗地裡下了個決定：一定要進入他們的生活裡，但只要有更好的出路，不管是朋友還是男朋友，這輩子也不會再見他們。

我的性格就是這點不好──好勝、記仇。

記得和阿明他們一起出去已有五、六次，有一次來到長州宿營，一班人正打麻雀至凌晨三四時，面油盡出神智不清，阿明打了一隻「邪牌」，突然問我：「你……是腸還是蛋？」

我瞇起眼説：「甚麼？是時候叫早餐了？」

Phil 在偷笑，然後才正式細聲在我耳根説：「他問你喜歡給人家『M』（插入），還是……你是『入』人，還是給人『入』的。」

「這等尷尬的問題怎能説出口？」我打出一隻白板。

「講。」阿明繼續咄咄逼人。

真尷尬！

真羞人！

雖然去年也曾拍過一次短拖：電影院門外認識，兩個月不到就分手，性格不合，期間也沒有進行過「男同性戀者間最徹底的性行為」。沒做並不是因為我不喜歡他，而是……政府的確説過要到廿一歲才算是「非刑事化」，我決定把一切推到廿一歲之後，找一個我最愛的男人，獻出我的第一次，我要這是個絕對美好難忘的回憶——肯定是受到迪士尼童話影響！

我還有數個月才廿一歲生日，所以至今也有沒試過「腸和蛋」。沒試過，又如何去交待我喜歡還是不喜歡？

可是不交待又不成，但人急智生，我杜撰了一個完美的答案：「我想，不一定所有同性戀都要肛……那個吧！但我想如果做，我是比較喜歡做入人……的那個。」那時不知為何，可能是基於男性的本能，如果説是零號，彷彿破壞形象，輸了，非男人似的。

這個答案，或者他們都感到不滿，因為不夠爆炸性，但又無可奈何無法證實；總不能找個人來做測試吧。

經過這次考核，我彷彿有了個定位。

我，正式通過手續，成了他們的一分子。

之後每個星期四、五，都會收到阿明的留言：「今個星期六，八點灣仔悦香飯店。」「星期日下午 tea dance。」「星期六晚上尖沙咀新酒吧！」……除了補考 A-Level 那兩個星期外，我幾乎從沒有間斷地出現，「逢 call 必到，每到必早」。

這一年相處下來，除了「香港同性戀導論 101」修習得差不多以外，男朋友、轟轟烈烈的愛情、是「M 人還是被 M」……從來沒有到手過。

這班人，每次有新朋友出現都不忘拿我來踐踏，就算人家真對我有意思也變成不好意思了。真是這樣壞心腸，他們……算了！算了！我這篇小說又不是叫《怪獸公司》，還是趕快回到正題上去。

雖然我仍欠一點才廿一歲，但對愛情與及其他事，我心早就一遍又一遍地叫：「I am ready! I am ready! I am ready!」

但到底，我口口聲聲説要拍拖，要愛情，到底愛情是甚麼？兩情相悦的感覺又是怎樣？

初戀對象「電影院男孩」沒給過我戀愛的感覺，我只感到他愛我。

讀書時男生不方便公開看愛情小說，手中捧著一本瓊瑤、岑凱倫或西茜凰會給人白眼，永不超生的，最多也只是亦舒。主角們共通點是：不管生在石澳還是九龍城寨，都美、有氣質、出口成文，可是卻都分化成兩個極端：

1. 不管出身，就算是個大學畢業生，仍然是個「迷失少女」，目標找個男人，是娶是包養沒分別。總比坐在打字機前「霹靂啪啦」一輩子強。金句是：「我這樣有錢還為什麼要讀書呢？」；

2. 永恆的事業女，從辦公室大房做到海景房，每每把頭伸出大房，全場肅穆。──為什麼仍不見有錢男人來包養我？

那時 Phil 常說：「你別這樣挑，個個人你也不合適，到底你要怎樣的人？」

我也常說：「其實我根本不挑，一切……緣份吧！不過我想要比我大，廿七、八歲也應該很成熟，又不致三十歲般老，最好比我高，又比我強壯，愛我，疼惜我！」

廿七、八歲就成熟？

後來我才發現，很多基佬到了四十歲仍是天真可愛，整天發白日夢的──多天真！

●

但到底，愛情是甚麼？

「愛情或者拍拖⋯⋯以你這年紀，愛情即是要性交，不過以愛情來做掩飾。以你這年紀，多玩一陣子才是正經事，將來老了，你要也未必排得到你。但到我這年紀，愛情就是不想一個人孤獨終老。天天對著你們一班死八婆。」

—— 阿明，三十歲，據說曾有一個拍拖三年的男朋友，分手後一直單身至今，每天與一大班「好姊妹」蒲夜店消磨時間。

2.2

本來我對愛情的期望還沒有這樣熱切的，可是自從經常給阿明追問我：「為什麼沒有拖拍？」

「Clive太過挑」似個招牌掛在我身上，而我亦給他們說得更心癢難耐──廿一歲，世間上只有戀愛才是正經事！

每星期與大夥兒外出，目擊許多的同類，在夜店裡調情。兩個男人火辣辣的熱吻，令這需求快速地升溫。

一開了葷，還怎可能走回頭路！

每每看見眼前有一對戀人，我煙駁煙[3]，呆呆地看著想：「為什麼沒有人來愛我？皮膚黑是種罪嗎？我有問題嗎？」

在東頭邨那小小公屋單位的浴室裡，上班前洗一個熱水澡，晨早的陽光也能從向南的氣窗射進去，最喜愛在濛濛的水蒸氣中看著自己的長瓜子臉，皮膚給薰得紅彤彤的，黑中帶黃的膚色不太覺得，很健康，很快樂的感覺，二十歲的皮膚也似電影裡的黑人有細緻的毛孔⋯⋯那時江口洋介因《東京愛情故事》與《一個屋簷下》這兩套劇集大紅，我也跟著留了一

3

煙駁煙：「駁」可解作接駁。煙駁煙，是指一根煙接一根煙地抽的老煙槍。亦是電影裡孟浪型男主角失意時的指定動作。最後，指定動作是把煙頭彈到海裡去，不良示範！

頭個長直髮，快要貼近肩膀了；總比香港男明星流行的「牛角包」髮型好，這個髮型從來只有張國榮梳得好看；髮絲濕了披在頭上，像黑夜裡月光下一層層的波浪，水仍在上面流動著，路過疏散而有序的眼眉與帶角的小鷹眼，加上直翹鼻子與尖下巴，一切都似乎很完美 ──只是嘴巴壞事。嘴巴有點黑紅色，欠生氣；大，嘴角往下翹，平常不堆起笑臉，就變成是生氣，可是一大笑，就看得見右邊那不合比例大的犬齒，上面的虎紋位置還有一顆「八婆痣」，小時候總怕它會長出毛來，似個卡通人物般cute，破壞了剛毅臉龐的和諧。故近期一直在練習笑，期望笑時不露出可愛犬齒，又不帶兇狠，一般大眾較能接受的平民化笑容。

我這樣的恨愛，可又這樣的絕望，有時甚至會想，早知那時就不要和電影男孩分手，騎驢找馬，或者愛情沒有必要每次也這樣認真的。

看著人家溫存，就似是個一無所有的人，看過大富之家的生活，寂寞、歧視、懷疑、自責的感受必然愈來愈重，最終導致戀情一發不可收拾。

就在那天晚上看《重慶森林》午夜場，我的引爆器出現了。

一班人在銅鑼灣舊明珠戲院門外，來了三位新朋友，我就只是看得見他；因為他高，足六呎的高瘦身，皮膚也像我一般的古銅色，長方大眼，一笑就見那放射式的桃花紋從眼角兩邊散開，似兩把桃花扇往臉上撥；甲字臉，臉頰子高，堆成一張三角臉，皮膚繃緊豐澤，像一直有風往他臉上吹，嘴唇上有稜角，喉結又大又突，都叫人忍不住想喙一下，頭髮微鬆帶黃，在頭頂上跳著跳著，窄身格子恤衫與破舊牛仔褲，Y'saccs尼龍背包軟趴趴地伏在背上，天氣熱，額上唇上也不見有汗。

阿明介紹時，他笑著説：「Hi！我是Kelvin。」一對大板牙，很白，一種從前學校運動場上剛得到成人身體的學長大哥哥氣息，對他已有了基本的好感。

一行十一人，阿明把票子買成前五後六兩排，我在後排，給前面一排六呎人牆擋住了銀幕，於是坐在前排的Kelvin建議調換座位；是我第一次得到陌生男人給我的關心，而我又很受落。整場電影，彷彿背後有一雙眼睛在看我。

散場後，我們又去了銅鑼灣白沙道一家新開的「山寨式」小酒吧繼續活動。

1994年給「自己人」去的夜店大都在中環。銅鑼灣是新地盤，除了那千秋萬世永垂不朽的「H2O」與「Babylon」[4]，仍有很多躍躍欲試的新投資者。

「山寨吧」只有三百呎，是個住家改裝。一進門，從珠簾縫中看出去，左邊彎入去是個廚房；現在做了調酒室。右邊直望是大廳，兩張三人長沙發，前面有些矮小的茶几與矮凳；所有沙發、凳子似在不同人的家中徵用而來——是百鳥歸巢式的Bohemian（波西米亞）主義。凳子後有條三呎多的小通道，最尾還要放一

4

「H2O」與「Babylon」：H2O 與 Babylon 都是位於銅鑼灣區的樓上同志酒吧，附設卡拉 OK！於九十年代，亦曾紅過。

座卡拉OK機，上面一個小櫃放著一大堆《碟聖》、《華納金曲卡拉OK》與《飛圖卡拉OK》之類的LD碟；唱歌要自己換LD碟。後面再有一道珠簾，裡面是洗手間。

懂得這架步[5]，因為店主是阿明的朋友。坐了下來，Phil與Tommy自動自覺坐到一邊去作自閉式約會，大家都習慣了，不會理會他們。

我們起先一起談論著剛才的午夜場。可能是之前受《阿飛正傳》與《東邪西毒》的陰影，突然來了一套音樂強勁加上大量搖鏡亦似乎很親民的《重慶森林》，大家彷彿走進教堂卻聽到佛經一般，不懂得作反應，最終的評論也只是：「金城武好靚仔哩！」「王靖雯只是做回自己哩！」……就似是他們都是王靖雯的親戚，都曉得天后娘娘的真身原來是個漁家女。

開始是大型集會，慢慢的變成三三兩兩的開小會。我本來不是坐在Kelvin附近，但經過幾次的自然座位調動，很快我就坐到Kelvin對面去，旁邊是另一個今天新相識的朋友Gary。

Kelvin是個髮型師，Gary也是他今天才認識的朋友，他是Tommy的新朋友；為部落提供新血，也是族人的義務之一。

Gary也高，但比Kelvin瘦，頭小兼上窄下尖，似個檸檬，眉毛、眼角嘴巴都隱隱在高鼻樑兩邊斜下去，似在臉上寫著三個「入」字，或是古代中國式的屋簷，簷篷上還安置了一個銅色的鵝蛋形眼鏡與「牛角包」髮型，聲音低沉，在旅行社當領隊，可是話卻不多。

「我就覺得王靖雯的動作很幽美，形體動作非常豐富。你看她穿的每一件衣

服都是加連威佬道的出口貨，五元一件，滿旺角都是這類貨色，但唯獨她穿得有型有格。要是腿短一點，胸部形狀怪一點也做不到這效果。」在Kelvin面前，我開始胡亂拋出這數年修習《號外》的成果。

「是嗎？我反而喜歡她那短髮。你知道嗎？只有輪廓好，頭形好的人，才能剪好看的短髮。我有些客人，頭頂是尖，似一個檸檬；又有的後腦扁平……根本就不能留短髮，」我不自覺的摸著自己的長髮，想不到他竟伸出大手，從對面飛象過河到我頭頂後腦摸了數下，似是按摩般：「你的頭型很好，腦袋夠圓，我覺得你剪短髮會更好看。」

我有點不知所措，又只好拿起檯面上的Corona喝一口，再來一個不露可愛犬齒的笑容。

這地方雖然也有小射燈、mirror ball與旋轉霓虹燈，再加上不大通風，香煙裊裊做成的迷霧下顯得陰黯灰敗，叫人迷失於時空，不知是哪個年代。Kelvin按摩完我的頭顱，又回沙發那邊端坐，剛好一盞小射燈在他的頭頂上，臉上奇怪的陰影，神聖的，莊嚴的，不可侵犯的，他變了我私人的一個小小神龕。

5

架步：或可作「駕步」，香港俗語，指「祕密地點」。

「對呀！我以前也留過長頭髮，不過工作經常要往外面跑，夏天熱死了，我想也快要再剪短。Kelvin，」Gary本是對我說著，然後又轉頭望Kelvin：「你工作的那間髮型屋在哪兒？」

「尖沙咀。」

「價錢貴嗎？」

「算貴，我不高級也要收四百，有興趣給你打折。」Kelvin說著，從 Y'saccs 尼龍背包取出一個皮製卡片盒：「我的名片，要剪髮打給我做booking。Clive也給你一張。」

我剛雙手接過，旁邊其他人也突然起來，嚷著叫：「我也要打折。」Kelvin拿著卡片向其他人派發，還開始交換著電話號碼。雖然他正和其他人談話，但間中亦有回望我，來個眼神交流，一笑，又是那大白門牙，似是暗暗有點表示。

不能太過張揚，要小心阿明他們事先測覺，破壞好事。於是我就把注意力放到Kelvin的卡片上去。

卡片是多種粉色直間條做底色，中間印著他的名字與名銜「Kelvin Poon / Senior Stylist」下面是公司地址電話與他的私人傳呼機與手提電話號碼，左上角是髮型屋的名字「Preppy」，這名字彷彿聽過，是間近年剛冒起的星級salon，不過P‧R‧E‧P‧P‧Y……是英文法文德文還是意大利文？怎麼解？怎麼讀？《號外》與《Ameoba》⁶ 有介紹過嗎？記得當日剛入圈，還不懂得「DKNY」是「Donna Karan New York」的縮寫，又不知「Dolce & Gabbana」是意大利文，給阿明取笑揶揄了好一陣子；其實有甚麼好笑，中

學課程沒教，到「連卡佛」也不是清貧中學生的指定課外活動，不懂又有甚麼出奇？中二時我知道「三SPRIT」其實是「ESPRIT」，已覺得自己很了不起！

不過自從去年起，經過「香港同性戀導論101」課程與《號外》雜誌的洗禮，現在不會讀，也至少學會沉默是金，聽人家講，暗暗記在心裡，回家做筆記，同志文化就是這樣流傳下去的。

在一大論的談話與換位之後，已是凌晨二時，也是時候打道回府；太晚回去，家母會從房裡跳出來罵人的。

竟想不到Kelvin竟説：「那一起走吧！我明天早上也有booking，不留太晚了。」於是在一片奇怪的目光下，我和Kelvin雙雙離開了「山寨吧」。

我們有一句沒一句地説著，來到崇光百貨對街，他問我：「你住哪裡？怎樣回去？我想坐計程車回沙田，你順路嗎？」

我説：「不用了。我到鵝頸橋那邊乘過海小巴到旺角，再轉小巴回去東頭邨，應該不⋯⋯順

6

《Ameoba》：Ameoba 變型虫，是九十年代一本給年輕人的時裝雜誌，首期封面主角是拖著手的梁詠琪與王喜！

路。」突然我們都停下腳步來，我仰望著他，卻不敢看他的眼，只好轉移目標看他那跳動著的頭髮，相信是一副崇拜的神色。

「那……我先陪你到旺角去，再在那邊乘計程車吧！」沒等我答好，他用手碰一碰我的手背，然後就起步走了，我只能在他後面追上去。

我沒說甚麼，只覺得心跳得超快的，就在他碰我的手那一刻開始跳；我似乎有點好像彷彿大概估計覺得……他對我是有意思的。

世上哪會有這樣好的事？

就今天晚上遇上他，對他有好感，而從他這一連串反應，他也是對我有意思？

愛情……就真是這樣的簡單？

廿一歲仍是我個人衣著的揣摩嘗試階段，甚麼東西雜誌說好看，不管正牌還是「抄襲」版本，定必要有一件拼到身上去。問題是我卻偏選擇迷上王菲與梁朝偉的不經意形象而打扮成的grunge look：大串皮繩與頸鍊、Dr. Martin高筒boot、破爛的501與針織衣服還有patchwork自是不能少，可是那陣子我因為工作、重考A-Level與開始夜蒲，變得很瘦，只有一百二十磅，穿著這些破衣服與長髮，真是「Absolutely Grunge」。

Kelvin可是星級 salon的髮型師呢！大概對潮流很了解，我即時顯得心虛了。

坐在過海小巴上，他把大腿緊貼著我的腳，滴水不進，心跳得更厲害。他亦不嫌棄，還細心研究我手上兩隻最流行的Swatch膠錶與手腕上過多的皮繩。

他的手指像一枝枝竹，粗長見骨，指節凸山，一雙勞動過的手。竹枝在我手臂上來回穿梭，有時碰到皮膚，輕輕一觸，離開，一觸，又離開，我下身竟不自覺的起了反應，在那條緊窄的501中，我有點不自然的左搖右擺，只好把斜肩袋放到膝蓋上去。

我試著拉開話題：「你真的覺得我剪短頭髮會好看嗎？」

一出口就後悔了，這樣說不就等於說要到他那兒去剪頭髮了？我才不要似剛才那班人般性急，一聽見有折扣就如狼似虎。

「怎麼了？真的在考慮我的建議？」

「不是，你打折我也付不起，只是我還有兩個多星期A-Level放榜，如果及格，或者有機會到大學面試，這個髮型似乎不太合適。」我說。

「考大學？你剛才不是說在保險公司做文員嗎？你到底多大？」他把頭側向我那邊，那鬆黃的頭髮在車廂中跳動得更是厲害。

「我說的都是真的，沒騙你。我是在保險公司當文員。可是今年又報了A-Level重考英文。我那時只欠英文不及格，就出來工作了兩三年，這次如果pass，或者能回去讀書。但如果這樣子去面試，不是送死嗎？可是這頭髮留了很久，實在是捨不得。」我說著，邊看著他那帶有鼓勵性的微笑。

「好！多讀點書好，工作辛苦，你看看我這雙手，」他把手放到我斜肩袋上去，瘦長粗指節的手上，又紅又腫，還滿是脫皮的痕跡，我像試水溫般在上面摸了一下：「就知工作有多辛苦。你能有機會去面試，把頭髮交給我，我

保證能把它弄得既斯文，又可以有型……不會破壞你這型仔形象。」

人家盛情難卻，我不得不答應他了。

於是我又給他寫了傳呼機號碼；與家人同住，還是不太方便給家中的電話號碼。

小巴來到旺角，我們分道揚鑣，大概也有點依依不捨，回頭看了數次。

回到家，洗過澡，躺在搭建在露台的單人床位。凌晨四時許，太興奮，睡不著，睡著也會似小孩子睡前玩過頭，會發惡夢。

我又坐起來，打開床伴那盞15w的小檯燈，拿出他的卡片，從床邊的小書架中抽出那本自從考試後就沒碰過的《現代高級漢雙解辭典》，口中唸唸有辭：「P.r.e.p…」就完了？

怎麼字典中沒有Preppy這個字？

是牛津字典錯還是髮型屋弄錯？

凌晨四時，我精神病發似地蹲在床邊一頁頁地翻看手上的所有時裝寶典，裡面除了那髮型屋簡潔的廣告，就甚麼也沒有了：「一點關於Preppy的解釋也沒有，這還能自稱是時裝書嗎？我英文這樣差，補考A-Level會及格嗎？」

突然腦中閃過一件事，又從小書架底抽出一本封塵的《The Cobuild》的英語英解字典來；這是五六年前升中六，英文老師要我們買的，可是我一直沒用，只把它投閒置散：「P.r.e.p.p.y」找到了，原來是解作「學院派」或是

「有書卷氣」。多謝Collins Cobuild！

用一張做筆記時用來標記書頁的「post-it！」貼到印著Preppy解釋的1296頁上去，把字典與卡片端正地放到小書架上，嗅著從啟德明渠傳來的臭味，我知道，我真心愛上一個人了！

世事並沒有那般順利的，我以為Kelvin已經為我著迷，我以為明天一覺醒來就會收到他的傳呼，可是……要是世事有這樣順利，就沒有「撒瑪利亞防止自殺會」了。

我一整天都把傳呼機帶在身邊，也沒有響過一次。

過了一個星期，周末和阿明他們唱卡拉OK，也見不到Kelvin，人間蒸發般……是我表錯情？

對著阿明他們，我只好當作沒有任何事情發生過。

我不明白，可是又不敢打電話給他。

昨晚那些暗示代表著甚麼？

他要了我的電話號碼，可是又不打給我，那不是很多餘嗎？

到底這些男人們都在想些甚麼？

一切都是我自作多情嗎？

●

男人要了我的電話號碼，可是又不打給我，

那不是很多餘嗎？

「一般情況之下，男人在夜店拿了你電話，又不回覆你，他絕對不是忙、遺失了你的電話號碼……。他不回覆你，代表他不喜歡你，是你自作多情。他拿你電話，只是禮貌，或者想脫身，又或是遊戲已經結束。情況等同你在夜店、sauna收過很多電話紙、卡片或者打開手提電話的phone book功能，有幾多個是你不知道那是誰的？有興趣，早就call你了。所以無興趣的人，請在手提電話中刪除這些聯絡人，別浪費記憶體位置。」四年後，朋友 Eric在Rice [7] 中跟我說完，就回家睡覺去；他住Rice樓上。

── Eric，三十九歲，國際玩具公司產品發展及市場銷售經理。曾經「靚絕」夜場，典型雙魚座，上了床也不知是甚麼原因。近年一直獨身。數年後又有一次，他又說：「所以有時去sauna，打開 locker，見到上個客人留下的電話紙，我總會拾起，撕得粉碎，拋到廢紙箱中。這好歹代表一個希望，不應放在那兒任人踐踏；應該值得有多一點尊重的。」

7 Rice：Rice 位於上環蘇杭街的基吧，酒保只穿褲子倒酒，曾紅極一時，現已結業。現位置是另一家基吧，叫動物園，Zoo！

2.3

一個星期之後的午膳時間，我和Phil又在遮打大廈的HMV見面。

「你快聽這個，這首〈繾綣星光下〉好聽死了。」Phil和我頭拼著頭，一人一邊耳筒來試聽關淑怡的新唱片《My Way》。「對了，下星期一晚要和你吃晚飯嗎？」

「幹甚麼？我生日剛過，要和我慶祝農曆生日嗎？」

「星期一是你放榜大日子，及格當慶祝，不⋯⋯」我接下去說：「不及格當解穢酒[8]。OK！你決定到哪兒吃飯⋯⋯除了泉章居[9]！」

「有信心考得好，入大學嗎？」

「不知道，現在21歲，年紀總比fresh graduate成熟，我報那科叫social work，主要看interview，也不太緊張，不過另一科是新聞系，應該⋯⋯不知怎樣，不過我反而覺得出來工作之後，跟你們去蘭桂坊多了，多見西人，有膽子講英文，oral比讀書還要好，有時還會有口音呢！」

「你還不是獨沽一味那句，」我接著和他一起說：「Can I buy you a drink？哈哈哈！」

Phil這個人除了愛遲到與凡事慢三拍，其他的都很好。每每和他一起，都不禁令我想到：或者生活是應該很容易快樂的。

他容易感到快樂，也容易感染身邊的朋友；而我擅長使人緊張，也使自己緊張；他就有能力把我快樂的一部份誘發出來。

接下來這數天，雖然在A-Level放榜的陰影下，仍不停提醒自己Kelvin應該是不喜歡我的，原來習慣不用很多天就能培養出來；我仍在等Kelvin電話，傳呼機不離身，工作時放在身邊，睡時放在枕邊，吃飯時放在餐桌上，就是上廁所……「哎呀！死了！」我在洗手間慘叫，竟把傳呼機掉到抽水馬桶裡去。

雖然噁心，但還是把傳呼機從馬桶中打撈出來，結果，我的處女傳呼機報銷了。

財政一向緊絀，下班後仍趕著去買了一個新的中文傳呼機；我不能失去對外的聯絡。

這一身的壓力、精力無處宣洩，只好統統發洩到健身房的器械上面去。

當然這亦是「香港同性戀導論101」的必修科，未找到自我之前，大概依樣畫葫蘆，Copy一套既有的美的標準，雖然未必能一支獨秀，但至少有收視保證。而這標準，直人女子有Barbie，基佬就是King Kong Barbie（金剛芭比）。

我參加的並非當年剛登陸，又會費又年費還要每月盛惠[10]$699的California健身室，而是在九龍城的舊式健身房，俗稱「鐵館」。

這類鐵館同志不多，會員最多是四、五十，結了婚，做體力勞動，可又精力無處可洩的爸爸級壯男。英雄莫問出處，練得一身好武功，哪會管你是少林武當還是峨嵋派。

有時看著這班鐵館中的直筋肉男，大笑著談論周末到深圳召妓喝酒的盛況，和他們一起到後樓梯「煲煙」，也不失為一種另類平衡，中和與阿明他們相

處後變得過份陰柔的舉止。

鐵館的師兄弟們，未必如現代健身房般星光熠熠，名牌處處，但卻都熱情好客，熱愛不停為你加磅加磅再加磅，讓你筋疲力盡四蹄發軟操勞至死。我新入會這半年，每次見師兄們不懷好意的走過來，也會逃之夭夭。

這數天一來到場，我就對著助教阿琛說：「今天我想舉重一點。」——一班師兄聽到，都興奮地跑過來：「阿弟，今天不做器械，給你舉bar，做superset！開始，讓我們服侍你。」

這數天我都帶著過份勞動的肌肉生活著，當你舉手穿衣、反手搔癢、蹲下拾東西與大笑都會感到肌肉痠痛，那種痛不欲生的痛給你的啟示是：一個與你只有一面之緣的男人，算得甚麼？

放榜日，晚上我來到尖沙咀的泰豐樓，已罕有地見到「Phil The Late伉儷」雙雙在座一張六人中檯。

「不是只有我們三個嗎？要這張六人大檯幹麼？不是阿明他們也來吧？」我說著並坐在Phil旁邊。

8

解穢酒：解穢酒，即你參與親友喪禮後吃的那一頓飯，就叫解穢酒，又稱「英雄宴」。

9

泉章居：請參考小弟拙作《突然獨身》，裡面有詳細講解。香港版由 kubrick 書店代理，台灣華語版由「基本書坊」出版，請多多支持！

Tommy説：「不是他們，是上次你見過那個做領隊的Gary，他是我的朋友，今天也會來，聽説帶男朋友來……你的手怎麼了？」

「男朋友？誰人會愛他那個檸檬頭？」我展示著包紮了跌打膏藥的右手：「做gym弄傷了。」

可能是super set太強，我虛不受補，昨天早上起來，發現右邊手肘疼痛，不能彎曲，甚至碰不到肩膀，只好去找跌打醫生，説手筋扭傷了。真是塞翁失馬，今天索性請一天病假，早上覆診後，回家等郵差把我的成績單送過來。

「要緊嗎？」Phil問。

「今天跌打醫生説多看一、兩天就沒問題了。不過今天是半個廢人，你們要給我挾菜。」當我説著，後面有人拍了我一下，轉頭看，竟然是Kelvin，我笑著説：「喂！Hello，你好，你為甚麼會在這裡的？」這時答案來了，站在他後面的自然是Gary。

「Hi Clive，你的手怎麼了？」他問。

我待他們坐下來才説：「扭傷了，小問題。要……吃些甚麼。」

這時Kelvin的「男・朋・友」Gary把頭伸到他耳邊，似有事情交待。

看著對面這兩對人，這頓飯的組合有點……有點……不適合我。

雖然這餐飯的目的是為了慶祝我英文科補考有D級，入大學有望，但我只匆

匆交待了數句成績與手肘扭傷的情況，就大叫：「飲杯！」之後，就聽著 Tommy審問Gary與Kelvin的戀情的開始經過；原來這才是今晚的重點。

審問得意忘形與怒氣衝天的犯人是毫無難處的，就算你不追問，人家也等著和盤托出，一抒心中的情感，背後的趣聞──沒有聽眾，又怎得熱鬧，傳奇又怎樣流傳下去？

原來Kelvin沒有找我的這兩個多星期，他和Gary之間已靜靜起革命。想不到看似害羞的Gary，原來是「排球隊四號位」大槌主攻手[11]；我當真見識少，有眼不識泰山。

原來自那天離開「山寨吧」，「四號位」第二天就主動聯絡Kelvin，藉口說要剪頭髮問他意見，當晚就約出來見面。晚飯時不知怎地由頭髮說到前世今生的戀愛事情，談得晚了，就自然沒有剪頭髮；因為他說第二天早上又要到泰國工作，要早起。星期五回來，行李沒放下，就捧著一大袋林真香豬肉乾之類手信（伴手禮）去獻寶，加上聽說Kelvin近期工作欠順利，多小人，一直記在心裡，在那邊為他拜了四面佛，自動把佛鍊速遞到沙田去，祈求風調雨順老少平安。也不知那串佛鍊是求了甚麼，

10

盛惠：香港式用語，是很禮貌地叫人付款的叫法！

還是下了「色降」。Kelvin為了多謝他的幫忙，而且又就近家，就邀他上去幫他剪頭髮，終於就剪到床上去。

不知他用那把剪刀，會否把身上其他的毛髮也順道修剪一下 —— 例如他的鼻毛？

老媽説了我這許多年：「食不言，寢不語」，今天晚上才算真正做得到。

聽著他們説那經過，或許有點驚心動魄的場景，但我只是不停把北京填鴨、蔥爆牛肉、糖醋五柳魚……塞到嘴裡去，反正這餐不用給錢。收了人家茶禮，當然會交足功課，適當時候還是會加一點感歎語與驚嘆語：「嘩！」、「噢！」、「喲！」、「真的？！」、「哈哈哈！」……來助興，當然少不了的還有我那誠意十足的不露犬齒微笑；雖然我知道自己那笑容有點牽強與over act，笑得連我那張黑黝的臉也變成磚紅色；但我那時只有廿一歲，零人生經驗，能有多好的演技呢？你以為個個似張柏芝是個天生演員？

恨？

我問自己。

我不恨。

就是看著檸檬頭那新髮型與Kelvin眼角那兩把晃動著的桃花扇，我也不恨。

我恨的只是我沒有愛！

他挑了他；加上Phil與Tommy，兩雙璧人坐在我跟前，時而互相對望，時而互相斟酒，笑容可掬，情意綿綿，動人的圖畫，人家兩情相悅有甚麼好恨？

沒有！沒有騙你，也沒有騙自己；心中或者有點不自在，還有點妒忌，但就止於這個程度。──可能是過去一年經過特別訓練之故。

出道以來，自然也曾暗戀過一些人，但是受到自己自小癡肥與黃黑皮膚的陰影，自信心不足，永遠把自己分類為地底泥科，總覺得暗戀對象是個神，不敢碰，永遠遙遠地，似是觀星般窺伺著；更恐怖是習慣了沒有，然後真的沒有，也不覺得怎樣難受 ──這是命呀！

對於不知的未來，我常用命運來說服自己。

修讀了「香港同性戀導論101」一整年，但只有理論，未能實踐也不能算是學足全套，有時幻想未來與戀人的拍拖生活，也是稀奇怪誕。

看我對面這兩對情侶的動靜，愛情就是這樣子？

我不知道他們會否就這樣一生一世，對於愛

11

「排球隊四號位」大槌主攻手：作為基佬怎可以不懂排球術語？前中國女排名將「朗平」就是打這位置的。不懂？自行買一本排球入門來看看四號位的工作吧！

情，有時聽見阿明他們說某某和男朋友分手了，心中總有點覺得淒戚；我真的相信一生一世，雖然我仍未有幸見過—— 十五年後，我仍是這樣的相信愛。

看看自己的掌紋，雖有點雜亂無章，也是有姻緣線的，我真心相信自己不會一輩子也是一個人。

那天晚上，我只恨在這弱肉強食的戀愛世界比亦舒小說更現實，先下手為強，才是真理。

今次算是學個乖，原來我之前的守株待兔手法完全錯誤，所謂「臨淵羨魚，不如退而結網」，人才難得，尤其是我這等只是永遠的cute、有型但不靚仔的類型，不得不將勤補拙。

「你幾時要去大學面試？」當我咬著高力豆沙的時候，Kelvin竟然問我。

「不清楚！我報了浸會大學和兩間理工學院的聯招，還有樹仁，要等信……我想大概在這個月內吧，有通知就OK，沒有的話，我應要繼續留在中環陪Phil逛HMV。」我開始不顧儀態，邊咀嚼著東西邊說話。

「我記得我上次說過，如果有機會去大學面試，我免費幫你剪頭髮的。現在你pass，就當是我送給你的禮物，你幾時有空？」當Kelvin這樣說時，我有點不相信，上次不過是隨口亂說，但他竟記住了，我心裡暗暗竊喜。

「嘩！你們甚麼時這樣熟絡的，竟連我也不知道？」Tommy笑著說。

本來很自然，給他這樣一説，我突然有點尷尬，似是我倆之間的一個祕密給拆穿了。

「那次坐小巴一起走時談起的。你看他這頭髮去街玩是可以，但見學校，我覺得應該斯文大方一點。」Kelvin説著，我又尷尬地點了頭，他似是為我擋駕：「不過你能再給我一次電話號碼嗎？我上一次寫電話的紙不見了。Sorry！」

呀！原來是不見了。我心中又一喜，大方從銀包中拿出一張銀行提單，在背面寫下我的名字與手提電話號碼……一時頑童心起，還寫下了家裡的電話號碼。

「下一個星期六，大家有興趣去我家燒烤嗎？我住的屋苑有燒烤爐，那星期家人都去旅行了。」Tommy興奮地説。

我朝他們説：「不妨礙你們嗎？」Phil知我怕癢，每每見我亂説話，就伸手到我腋下亂摸，我笑著投降。

「還有誰去？」我問。

「你們……沒有了，我家不大，叫阿明他們，一來就很多人，都放不下，所以只叫你們幾個。Kelvin你們有空嗎？」Tommy問道。

「星期六，過了六時應下班了，沒問題。你呢？」Kelvin問Gary。

「我很想去的，但下星期要飛日本……不過，你不是經常怕悶嗎？我工作，

也不能常陪你，你也沒有甚麼朋友，有空怎麼不和他們一起去？有時放工也可以約他們一起吃飯或是看電影。Tommy他們一班人都很友善的。」Gary關懷地說。

Tommy揶揄他說：「哎呀！那麼快就要你批准了。」

Kelvin靦腆地笑著看我，我也微笑著，雙眼來回穿梭望著檯面的茶壺與他的眼睛，他的頭髮繼續跳動，風繼續往他臉上吹。

「喂！喂！」Phil拍了我一下，我才回過神來：「是，怎樣了？」

「你又在發白日夢，近期病情特別嚴重。Tommy剛才說你星期天沒事可做，可以早點入來幫忙買東西。我跟他說了你煮東西很好吃。」Phil說。

「燒烤有甚麼要煮？」

「有糖水……基本上是我覺得你上次在淺水灣燒烤時，自家醃製的香茅豬扒好吃，我想這次encore。」

「得！那Tommy你住哪裡？」我看著 Tommy說。

「深井。」

「深井？你家沙發椅夠大，我能過夜嗎？」我問。

那時與家人同住總覺諸事不便，說個電話也要壓低聲線。最好過兩年學業有

成，立刻搬出去獨居。

晚飯過後，我們步行至樂道「大良八記」吃花生糊，才悄悄問Phil：「原來
Tommy住在深井，似小學郊外旅行地點，難怪你每次送完他回家，再回北
角都差不多天光了。」

Phil説：「對呀！不過送男朋友回家也是種責任呀！但也有好處的，你知我
住港島，九龍很少去，新界也是旅行才會到。現在逢星期六送Tommy回深
井，之後坐通宵小巴回家，原來青山公路的風景還不錯，藍色時分的北角也
很漂亮，」然後他又在我耳邊説：「清晨在街上走，我覺得自己似電影中的
主角，挺enjoy的！」

「別在大庭廣眾扮王菲。不過你這樣的細心，還真厲害，佩服，佩服！……
可是，為甚麼不是他送你，而是你送他呢？裡面有甚麼暗示嗎？……哦！」
我説著，Phil向我豎起一隻中指。

「賤人！」我笑著説。

2.4

自從這次晚飯之後，事情開始出現奇妙的變化。

或者我們對於無窮無盡的夜店生活開始覺得有點厭倦，加上Phil與Tommy這對小情侶蜜月期早過，Gary又經常不在香港，就在去燒烤之前這個多星期，我們這五人小會，竟然出來了四次。看電影，吃晚飯，卡拉OK⋯⋯其實還不是一向那些活動，可是每次出來，我卻覺得異常興奮。

我相信這是種偷偷摸摸的快感⋯⋯

錯！不是與Kelvin偷偷摸摸！

那快感是來自完全避開了阿明他們，甚至星期六見到他們時，也都避而不說，卻又暗暗地打眼色的快感：「小聲一點。星期六記得帶王菲演的那套《千歲情人》[12]大結局上來看，我忘記了錄下來。」「在旺角搭小巴進來，在『嘉頓』前面下車，你記得吧？」「我今天收到電話，下星期二去城市理工面試。」⋯⋯就似是開了一個小部落，密謀造反。

於是平凡不過的節目，也變得特別有趣，或者這就是人的天性——妻不如妾，妾不如偷。

因為外出時，Gary大多不在，而Phil與Tommy又經常自閉式說話，變相我和Kelvin談話的機會愈來愈多。

有時走在街上，前面一對，我和Kelvin又似是一對⋯⋯我有點飄飄然的感覺。

Kelvin喜歡問我電影或是讀書的事情，尤其是喜歡看我表演講對白。我自小就不太會讀書，但卻有個強項，只要是任何東西、資料，經過螢幕，只要看一次，就能記下六七成，若果是電視劇，大都能把一整場的所有對白記得七八成，如果喜歡的會記得十成。

所以朋友們往往漏了看某電視劇，總會叫我複述一次。現在只要我一學，Kelvin都會笑得很開懷，一笑，風往臉上吹得更緊了；他開心，我亦覺得快樂。

同時，我亦對Kelvin的過去有更深一層的了解。他中五後就出來工作，在灣仔一間具規模的髮型屋當學徒。髮型這行業時間長，他又特別的勤奮，每每到了一星期一次的假期，都是累得睡至暗無天日，自然就在公司搞起辦公室戀愛來。他的初戀男友是個高級的髮型師，結果連第一次性交都在店裡。後來那個初戀男朋友因轉公司，兩人少見面加上感情轉淡，分手了。

之後也斷斷續續的有過一些「關係」；都是公司的同事，或是同事的朋友。幾年間的生活吃飯娛樂拍拖性愛分手都在同一間髮型屋裡，每天新歡舊愛共冶一爐，十足九流港產電視劇，實在有點荒唐。況且在同一個地方工作了多

千歲情人：你能相信未紅時的天后願意拍電視劇嗎？她一共在 TVB 拍過三套電視劇，分別是：

1. 壹號皇庭二：演律師，是蘇永康的女友。
2. 原振俠：演特攻海棠，男主角原振俠是黎明，還有武打場面。
3. 千歲情人：演一個自秦朝活至今的千歲女人，男主角為方中信。

年，也是時候轉換環境，為求新開始，終於轉工去。但根本問題沒有解決，一到新場又到處起火頭，不管是無綫轉亞視，還是亞視轉無綫，劇情還不是一般的爛，每次鬧得不快就轉公司；幸好他一直是個工作狂，有大堆客人在手，轉公司老闆無任歡迎。直至半年前轉到這間新髮型屋，定下目標：「絕對不要在這裡亂搞關係。」果真忍住了手，最後終於在一個同志客人的介紹下，就來了看《重慶森林》。

當然任何愛情的起首，除了外型互相吸引，談不盡的話題也是個必要條件，這代表雙方都有共同興趣；戀愛世界裡，我們經常要這許多許多的證據，去確定我們是有愛的！──沒有共同話題，就不能相愛嗎？

和他的對話，就漸漸開始由街上，餐廳裡，轉移到晚上的電話，似是一直往他臉上吹的風一併吹到我身上去。

為了和他談電話，我竟放棄追看電視劇，家母似乎有所不滿，但又沒有作聲；她養大了幾個仔女，這年紀不愛講電話反而有問題。故有時她也會借故說：「最近真多夜街去，好玩嗎？」我大多敷衍了事。

不過，如果給媽媽知道我每晚談話數小時的對象是個男人，不知她又會有何想法？

所以都說小時候不好好唸書，要不然，我今年已大學畢業，出外找工作，有錢獨居了。像Kelvin，買了個小單位在大圍，一個人生活多寫意！

在這無窮無盡的電話旅程中，我會忘了Gary的存在；雖然事實上他真的經常不存在，但奇在就算他在香港，Kelvin也有很多時間談電話⋯⋯他們真的在

拍拖嗎？

為甚麼不似Phil與Tommy般日夜痴纏？

燒烤那天晚上，我一早就進深井去幫忙，任勞任怨，一整天也是愉快的，甚至可以形容為情緒高漲，這是因為⋯⋯Gary不會來？

Kelvin把一些客人的booking提早了，七時多就來到了深井，燒烤後又上了Tommy家，邊看《千歲情人》大結局邊打麻雀，吃西瓜盅。

「也兩個星期了，你大學面試有消息嗎？」Tommy問我說。

「唔⋯⋯有了。我本來打算等成功了才公佈的，但既然大家問到，不妨交待一下。這星期已收到樹仁和City Poly的面試信，下星期三下午和星期四上午面試，非常緊張。」我說著從袋中拿出那兩封面試信。

大家恭喜著，又都說重返大學讀書的事情，我又說：「其實仍在煩惱中呀。那時就沒有收入，這兩年儲的錢交第一期學費就完了。學生貸款似是高利貸，看我姐姐那時畢業，還錢很辛苦。」

Phil說：「給我讀，我做舞女還債也願，難委你在無病呻吟。而且你只是面試。是面試，還未收你，緊張些甚麼？還是快弄妥你這個『黑人板仔14』似的grunge look，你不是去面試TVB舞蹈藝員。」

「是呀。我說過的，明天你下午到我公司去。你有空嗎？」Kelvin說。

在星級髮廊剪髮？我當然是……以退為進：「我當然想。但真的不妨礙你工作嗎？」老實說，就算打折也仍要三百元，我又不是歌星有贊助商。

「放心吧！」Kelvin邊說在我肩膀上輕輕拍了兩下，可又沒有把手移開，前後輕撫著，搔癢似的；我倆都沒有覺得甚麼不妥當，直至Tommy開口：「在打麻雀還搭人家肩膊，輸錢出術[14]，你心地壞。」

Kelvin心地是壞的，但可不為了贏錢。

我們對望了一眼，方才分開。可是就是剛才那一秒鐘，那天晚上在小巴上的感覺又回來了，他臉上的長方大眼，彷似變得彎彎曲曲。

本來我是想在Tommy家的沙發過一夜的，早就向家母申請了「外宿通行證」。但為了和Kelvin多一點獨處的時間，我藉口不想妨礙Tommy和Phil進行理想中的性生活——在家中裸奔。

於是就和Kelvin一起離開了。

我們再一次大腿貼著大腿地乘小巴來到旺角。

很奇怪，小巴中的空氣，味道似乎有點……異樣，那是甚麼味道。

凌晨一時許，我們站在先施公司的門口，依然燈火通明，四周叫賣的小販，人聲鼎沸，我們站著，沒有作聲，看著街道上的行人。

我不想走……

點起了一根煙，低下頭來，看著他一雙釘立在地上的腿，聽見他說：「你說甚麼？」

我抬起頭：「說話？我沒有說話。怎樣？你有話要說？」

「沒有。要吃東西嗎？」

我搖了搖頭：「不。你肚餓？」

他亦搖了搖頭。

我一口又一口地抽著煙，竟在不喜歡人家抽煙的Kelvin面前，抽起第二根煙來。

這場面非常尷尬，話有很多，但這並非一個合適的地方，可是心裡卻是愈來愈慌，因為一個又一個的邪惡念頭此起彼落。過去這一個多星期，這種想法不是沒過，但都是少少的，幾乎毫不察覺的，可卻是綿綿的，汩汩的，有時是甜夢，有時是惡夢——還是這才是撥亂反正？只因為我在時間上遲了一點？

我不走，他亦不走，我相信他亦正做著與我一般的思想鬥爭。

13

黑人板仔：黑人板仔，就是指那種在街頭玩滑板、跳舞、不停用嘴亂打拍子唱歌的黑人歌手。

14

輸錢出術：輸了錢，還要出老千。

我們在想甚麼？

我們在怕甚麼？

我們在等甚麼？

「你是擔心明天到我公司剪頭髮很貴？」他彎低腰來問我。

我只是看著他，不管是那長方大眼，稜角嘴還是跳動著的頭髮，我就是看著他，不管是全部還是一部份，就算是一個衣角，只要是他的，看到了心裡也是踏實的。

「你累嗎？反正你有帶替換的衣服，不如現在上我家裡去，明早給你剪……」

「我不知道！」我仍是只是看著他。

他又繼續說：「我們是朋友，沒關係……有時也會有朋友來過夜的，很平常。」我把煙蒂拋到地上去。

我們要的就是這個藉口！

可是……他想的真是和我一樣嗎？

他家在大圍的金禧花園，香港兩人小家庭的上車盤[15]，典型「建築面積五百呎」眼鏡房[16]，一進門右邊是廚房、洗手間，正面是合共不到百五呎的客連

飯廳與三十呎窗台，走五步遠又是兩門房門，
一個闢為衣帽間，另一個是睡房。

第一次單獨跟男人返家，雖然口口聲聲說：
「朋友。」但我坐到沙發上，仍是不知所措，
只好作一副閒息狀，看放在窗台上的CD。

「很晚了，你要先洗澡？」見我沒有回應，
他又說：「那我先去洗，HI-FI在這兒，你挑
CD，就當自己家一樣。」

當他走進了浴室，我才放鬆心情，拿出林憶蓮
的《夢了。瘋了。倦了》CD放到唱機，四周
刮起一陣中國小調味道，張開眼睛四處張望。

這輩子第一次走進喜愛的男人家中，想看他最
祕密的一切，又怕他會突然出來，故搜索範圍
只好縮窄在客廳。

看著這個小得放下基本用品後，就根本不能有
個人風格的家居。

到底是個獨居男人的家，他的嗜好又特別多，
故家裡的雜物也多，唱機、卡拉OK、LD碟、
雜誌、電子琴……相片，相片最能反映一個人
的背景。放在窗台上CD旁是他的童年照與家

15

上車盤：在《突然獨身》裡
我說過，吸毒，有人稱「上
車」。但一般人說上車，亦
可解作置業，買房地產。而
「上車盤」，亦即指面積比
較小，而價錢比較便宜，方
便一般沒有錢的小市民「上
車」的「樓盤」。別小看這
上車盤，很多時候可以住一
家五口！

16

眼鏡房：香港特色樓盤，
五百呎不到，可以塞得下兩
廳兩房，每間房只能放下一
張四呎床與小衣櫃，客廳如
放了一張麻雀檯，所有人就
只能坐下，不能站起來了！
這種，統稱眼鏡房。

人、公司同事的合照；幸好仍未有他和Gary的合照。

Gar……Gary。

Gary這個名字，突然這樣清楚地出現我的腦中。

我放下了照片……我是怎樣來到這裡的？

這時，浴室的門打開了，Kelvin出來了。他穿了一條運動短褲與白背心，現出一雙鋼條臂膀與濃密的腿毛，臉上一陣炙熱。

他給我遞了一條浴巾：「快去洗，很晚了。待會洗完給你點surprise。」

「Surprise？不會是我心裡想的那些吧！？」帶著疑惑的心情完成整個洗澡的過程。疑惑的還有我們一會兒會怎樣？

一個基佬約另一個基佬回家睡在同一張床上，雖口口聲聲說是朋友，會完全沒有企圖嗎？

洗過澡，我還是沒有脫下我的隱形眼鏡，我要堅持至最後一刻。Kelvin笑笑口對著我說：「過來，我幫你吹！」

嘩！……幫我吹？

坐在客廳中間對著一塊長身落地鏡子，林憶蓮在唱著〈哈囉感覺〉，他拿起吹風機給我吹頭髮。

粗糙大手接觸我的頸項，頭皮，耳背，一陣麻癢的感覺，粗糙變成了溫柔，在風筒下亂飛的長髮，令我彷似變成洗髮水廣告中的男主角。

我笑著說：「我們玩髮型屋遊戲嗎？」

「你的頭髮很細，很軟，很輕，小時候是個聽話的乖孩子，」他突然按停了風筒，一陣寧靜，然後雙手搭到我肩膀上面，嘴在我右耳後面：「不過明天要剪掉，留了多久？捨得嗎？」

我輕輕把頭轉向後，感覺到他鼻孔呼出的氣息：「捨得的。我知道自己不適合留長頭髮，頭髮一長，就變成圓臉，好肥；可是我總覺得每個人年輕時也應要留一次長髮，拍一次照片留為紀念。」

Kelvin用手掃我的後頸，抓起一束頭髮，變成一條馬尾，讓我的斜腮骨顯露出來，突然間整個臉孔立刻瘦削起來：「你說得對。」

我重申：「是你說得對。」

他再次拿起風筒前，從身後拿出一本東西來：「先生，要看雜誌嗎？」

我笑著接過，是我一直想看，本木雅弘的寫真集《White Room》；信和中心炒賣至六百元哩！

全黑白的寫真，瘦削但有力的腿，堅毅的神色，伴隨著身後男人一下又一下撫摸，我自然又來了生理反應，我廿一歲的人生可曾有過這樣的幸福時光？

終於來到上床時間，我才脫下隱形眼鏡，直接上床去；我死不願在他跟前戴上那八百度的近視鏡。Kelvin也換了一條小格子四角「孖煙囪¹⁷」內褲。

奇怪，剛才在小巴上嗅到的味道又來了，而且愈來愈濃。

「為甚麼要去換內褲？」我問。

「睡覺穿這個比較舒服呀，你不介意吧？還有……」說著，他鑽了上床的另一邊，蓋上被子：「小時候哥哥跟我說穿這個有助發育。所以我就相信了，這習慣一直維持到現在。」

我笑著：「我哥可沒有跟我說這個。不過，書本說大與小是沒有關係的，最重要是功能。」

「只有穿三角褲睡的『小傢伙』才會這樣說。」他轉身趴在床上，側著頭向仰睡著的我說。睡房立燈從他身後射過來，我似在深山中看日落，黃昏把他整個人染成金黃色，浪漫的色調，我知道自己身上也是這種色彩。

我也側身看著他，一隻手彎曲成三角狀，托著耳側，笑著說：「是真的嗎？」

「你定是那些穿三角褲的人。不過不要緊，你那話兒小，但皮膚細緻與樣子cute補足。不似我，你看這些手毛腿毛，多得似個魚網，煩死了。」說著把手腳從被中伸出來，向我展示上面的毛髮。

我伸過手在上面撫摸著他身上的體毛，假裝平靜，其實心裡緊張死了：「我

反而羨慕，看我身上一條腿毛也沒有，未發育似的，又黑，彷似一隻豉油雞，難看死了。」

「豉油雞。」他說著竟伸手到我腿上去，我反擊著，拔走了他幾條腿毛。

「痛死了。」一雙大手往我腰身上招呼著，我這輩子最怕搔癢，平常人家手未到，我已笑得半死；他是知道的，平常我和Phil經常這樣鬧著玩；何況是今天這情況？

當然情況自是我們的身體愈來愈近，符合事情的發展與預期，直至他整個六呎身壓在我身上，他的手把我一雙手推到頭上，我的肚子感受到他也勃起了的下身。

他把頭埋在我腋下亂嗅著，我又一陣笑，然後又用稜形嘴在我額前啄了一下，認真的語氣：「喜歡我嗎？」

我點了點頭。

「從一開始？」我又點了點頭，他用鼻頭對我的鼻碰了一下，似兩隻螞蟻在交換訊息。

之後一連串的問題，我都只是不住點頭，他的

17

孖煙囪：香港俚語。指「四角褲」。

吻愈來愈低，剛才那種稀有的味道也愈來愈濃，我們身上的衣服愈來愈少。

整個晚上，我只是問了他一個問題：「你喜歡我嗎？」

Kelvin說：「是⋯⋯第一天晚上見到你就有好感。後來見到你的手受傷，很可憐的樣子，我很擔心，很心疼你。那天晚上我就一直的想著你，希望和你在一起⋯⋯」他真心急，一下子答了我所有打算問的問題。

他說著說著，脫下了我小三角內褲。

第一次和真正我喜歡的他，他喜愛我的男人做愛，那感覺真是完全不一樣的。

●

一個基佬約另一個基佬回家睡在同一張床上，

雖口口聲聲說是朋友，會完全沒有企圖嗎？

「Hm⋯⋯當然不會沒有企圖。要是我的話，就算最後沒有Sex，也是對人家有意思，不然怎會讓他上床？記著，男人不會做無聊事。我的看法，一個男人要上來我家share一張床，一定會和我做愛的；會過夜的反而少。」

「舉個例子。就似我上一個月，有個男性朋友突然老遠的說要跑來我附近喝飲料，我索性叫他上來我家喝。」

我搭訕說：「他家沒有冰箱嗎？」

「結果他來了，我們喝了一杯，談了十五分鐘，然後就做愛，之後沒有再見過面了。」

我說：「嘩！」

「他只不過是Horny！我也是。後來不再見面，是他忙，我也是。」之後他又補充：「他是個好男人來的。」

—— 康維，三十一歲，自由創作人，獨居，獨身，大胸部，俊俏，心地好，好到業主（房東）減租。

2.5

第二天早上，我給電話鈴聲吵醒：「喂！Kelvin？」

「是我，還未醒？」是Kelvin的morning call：「車快到我那邊，你也快起床，Phil他們也應快到了。」

「很冷。唉！甚麼時候了？」我坐起在床上面。

「八時多了，快起來，可別又回睡去了。」

「知道。」

「車到了我再給你電話。」

天氣實在冷，我穿過擺滿雜物箱的客廳，趕緊洗了一個熱水澡，又打起精神來作最後的檢查。

「喂！Kelvin？起來了，車到了嗎？得了，快到時通知我。」我捧著杯麵，來到露台，看出去，從小看慣了的街景：一些小樹，旁邊是啟德明渠，再出去是彩虹道與新蒲崗的舊房子。自小住在這裡，習慣了那臭味，吵鬧的馬路，本以為都沒有甚麼感覺。但現在看起來，竟有點熟悉的親切感。這風景，這氣味，在以後的日子裡應會常在我的夢中出現。

沒有捨得與不捨得，只是記得，我知道有時記憶會是這樣子的！回到廳中，坐在紙皮箱上想，我一個人在這裡生活有多久了？從前一直渴望有自由自在的生活，一個人，可以半夜三時起來看舊電影，在客廳中央抽煙，似是電影中的主角模樣，現在隨時可以做到，反而不稀罕。

我不禁想起年輕時，我說話常以：「我以後都會……」作開頭，彷彿這樣子一說，就會變成「一生一世」，不管是迷戀偶像、時裝、信仰、愛情，相信甚麼都要一輩子，結果年輕時所追求的一生一世，原來都不過是過眼雲煙。

一生一世，可能似這條明渠的臭味，不用追求，早就深深地印在心上，直待你發現；可是為了滿足那一生一世的永恆慾望，我們又犧牲了多少自己與身邊人的心力與夢想？

早上醒來，已是十一時許，Kelvin離家上班去了。他在床上留了一張字條：「我要上班，先走了。冰箱有食物，自便。今晚給你剪頭髮，下班打電話給你。Love Kelvin。」

我帶著興奮的心情洗了澡，煮了一個即食麵，捧著一個大湯碗坐在沙發上面吃，又拿出了王菲的《胡思亂想》CD放到唱機裡。

在王菲的歌聲中，我再三看那張字條，突然「吱！」的一聲笑了出來。

Love！

他寫Love！

昨晚的不是一夜情！

他真的是愛我！

自小與一家人擠在一個細小的公屋單位裡，不要說私隱，就連睡姿也得在客

廳中展覽，能夠收藏祕密的地方，只是一個有鎖的小抽屜；十六歲那年因為哥哥結婚才撥給我用的，故一早忘記了有私隱這回事。

今天一個人獨自在一個私人單位中，還要是一個我愛他而他又愛我的男人家中，絕對是首次。

放下大湯碗，站起來，假裝自己是這個家的主人……如果你是這間「實用面積五百呎」單位的主人，在這個盛夏的星期天，你會做甚麼？

我扭大了唱機，重複又重複地播著王菲為《重慶森林》唱的主題曲的〈夢中人〉，在Kelvin家中橫衝直撞，就似是戲中的菲在663家中，查找他的私生活：拿舊衣服在身上試穿、翻閱舊相薄、在床褥上亂跳、收拾家居、洗乾淨浴缸邊的污垢……我似乎明白電影中菲在663家中的一切所作所為。當你開始愛上一個人，你絕對希望知道他的一切。

我在他家中玩得瘋了，離開時，還堆起笑容向大廈看更（保全員）點頭。

「喂！我是Kelvin。怎樣？要到我家裡剪頭髮嗎？」

我看今晚……又得有朋友失戀了！

今天晚上已沒有昨天晚上的顧忌，我穿著一條小三角內褲坐在座位（馬桶）上，同樣地Kelvin也只是穿了一條四角褲給我剪髮，每剪一刀，我又忍不住要回頭吻他。

「不要亂動，待會剪歪了，可別投訴。」

「可是你別搔我癢！」我笑嘻嘻地，看著頭髮一根根跌到地上。

剪好了，我站到鏡前面去，很短，臉上的輪廓浮現出來，我幾乎不認得自己，星級髮廊的髮型師就是不一樣；而最好的，是這髮型與Gary的完全不一樣。

Kelvin用報紙把頭髮碎包起，拋到廚房裡去。然後，他又來到我背後解釋著這頭髮的造型：「你面試那天，可以gel到這一邊。平常這兒中間可以撅起……」然後他又擠出一點啫喱膏在手心，塗到我的頭髮上去。

在洗手間昏黃古舊的燈光下，我看鏡中的自己，男人在我身後笑意盈盈，頭髮在他會變魔術似的手中似有了生命，也似命運上下起伏著，變出一個一個不同的造型，我衷心折服在這男人的魔術手下。

「很多頭髮碎，先洗澡再睡？」

「真的是睡？」我心裡想。

說著他轉身去調校熱水，「蓬」的一聲，花灑（蓮蓬頭）射出熱水，慢慢一陣水蒸氣瀰漫著，鏡上的影像漸漸模糊，他在我身後，似那霧氣包圍著我，身上的熱漸漸傳過來，勃起的下身頂著我的臀部，我也漸漸熱起來，雙眼似是蒙上一層霧，雲煙氤氳，看不清，就更令人陶醉。

Kelvin雙手漸漸往下移動，稜形嘴巴一下又一下從後頸，脊骨一直喙，一直喙，脫下了我的小三角褲子，吻著我的臀部，雙手伸到前面去，緊緊包圍著我胸前，粗糙的手指磨擦著胸前的兩小點，另一隻往肚臍上打轉，慢慢把

我轉過身來。我看見我愛的男人，蹲在地上給我口交，舌頭轉動著，我心跳得很快，然後他把我抱起，放到浴缸裡去。Kelvin也把四角褲子脫了，跳進來，水打落在我們身上，我雙手環抱著他頸項，吻著他的嘴，捲住他的舌頭，他的身體，他的一切。

我不習慣全裸在客廳走，依舊穿上那條三角內褲來到床上，他笑著說：「你身體也未曾擦乾，看後肩上還有大點的水滴。」他低下頭，用嘴把水點吻乾，似一隻貓在喝水，然後又說：「給你買了點東西。」

從袋中拿了一件東西出來，是一條四角內褲，與他穿的式樣一樣，不過是顏色不一樣。

「多謝。」我伸手接過。

「要試試嗎？」Kelvin說著，又過來吻我，我已毫不抗拒地給他脫下了小三角內褲——在燈光下。

明顯地，我暫時不用試穿那條四角褲。

在燈光下展示著自己的身體，又不似剛才有水蒸氣製做朦朧的效果，要的是另一種勇氣。從 Kelvin 看著我的眼光中，我懂得他是喜歡的。他親吻吸啜著我的身體，我也舔著他的。

可是一邊做，心裡又想，還有甚麼更進一步的能滿足他。

老實說，上一次和電影男孩只是手與口交，做愛我是沒有甚麼經驗的。腦中

只好搬出家中碩果僅存，Phil給我翻錄又翻錄，看了超過一百次的一盒「打格仔」（馬賽克）日本色情影帶上的功架[18]來；可是影帶裡「打格仔」的部份我看不清楚，應該如何做才正確——我這人性格一是不做，要不就做到最好的。

Kelvin不止是做頭髮高手，一雙手也似是有無窮的魔力，我完全浸淫在他的技藝之中。不自覺中，他反轉了我的身體，頭埋在我臀部，一條舌頭舐著，熱的，冷的，突然我一下子驚醒，半側身向著在身上的他説：「你想……」

他過來在我唇上親了一下：「可以嗎？」

「我……不知道，如果我不想，你會不喜歡我嗎？」我看著他説。

「神經病，當然不會。但是我很想和你做一次，可以嗎？」説罷，他又吻過來，好一會兒，我才能抽空説：「我……沒有做過，我怕……」

「我慢一點，試試，痛就不做了。可以嗎？」在房間的燈光照射下，他的方形大眼發出閃亮的晶瑩的光，一種渴望的神色。

這是男人的慾望，還是愛？

看著他那神情，就似是中學時，站在籃球場邊看著那些高挑的學長們，射入了一球，舉起拳在空氣中作狀揮打，大叫兩聲，青春煥發的模樣。

中學時期我發育出問題，人家是拉高，我卻是拉橫，五呎四吋一百六十五磅，體育課是我最想逃避的課堂，架著副厚眼鏡，永遠地跑不動，永遠地只

能站在一邊，似是《叮噹》（哆啦A夢）漫畫裡的大雄，崇拜地看著那些大哥哥流汗，到後來同班同學變成大哥哥，我仍是小孩子似的身體。

後來讀心理學，才知道一個人青春期的自信心，會影響人的一輩子。同年比較高的男生，自信心亦會比較高一點。難怪我永遠都覺得自己渺小得似是透明，永遠地打不進那個流汗小圈圈裡。有時更為了得到大家的認同，不被離棄，在集體活動中做著小苦力，為求不要把我趕出去。

現在我的跟前，就有一個這樣我永恆地追逐不到的夢想，風仍往他臉上吹，那種笑容，那種表情，而且他在求我，他……他求我，我還猶豫些甚麼？

其實在心裡，我也很想試一次，但當事實來到，我又有點猶豫了。到底和他，他就是這個第一次進入我身體的男人嗎？

Kelvin完全知道我的想法，對於他，我平常的硬朗與斬釘截鐵不見了，他似是種細菌，叫我失去抵抗能力。

不過，我仍想有一點肯定：「你愛我嗎？」

「我不愛你，和你在這兒幹甚麼？我愛你。」說罷又把身體壓上來，吻著我，舌頭在我嘴裡攪動著，我很慢很慢的，用雙腿夾著他的腰，形體動作上，我是願意了。

他從床頭櫃中拿出一支藍白色的東西來，然後反轉我的身體，一邊吻著我的背脊，手輕輕地分開我的雙腿：「放鬆，要信任我！」

一陣清涼的東西擠進我身體的中央，像是一尾小魚鑽進去，先是一根手指，然後是第二根……我覺得肚子有點脹，一陣稀奇未經歷過的感覺。

Kelvin果然很慢很慢，手在動，嘴巴親吻著我的後耳後頸，讓我慢慢地適應這外來物的進入。或者是時候了，他又把我轉向，仰臥在床上，他跪在我雙腿間，把我一雙腿放到他肩膊上，看著他又擠了點透明藥膏在自己的陰莖上：「我想看得見你。」

來了！

痛。

除了痛，也就只有是痛死了。

還未算第二天上班時，一整天都似是有支掃帚插在身後的感覺！

到這刻我才明白那些四級色情小電影中的主角，都是有演技的。

可是這種痛，竟帶來一種快感，我心裡是快樂的，只要你看著他那著了魔似的樣子；只要

功架：功架，可泛指很多東西，總括而言，是一個人對一件事很有一點了解，再做出來，就叫「很有功架」了。
例句：別看他低能兒一樣，一向他剛才在廚房裡的「功架」，就知他有多年做菜的經驗了！

你感覺到他的汗水一滴滴在你的身上；只要你感受到他在你身體裡射精時抱著你的力度；只要事後，他疼惜地抱著你，輕輕把你身後的血跡擦掉，一整夜抱著你不願放手；只要第二天早上他陪你一起吃早餐，送你上班，趁四周人群不注意的時候，拖一下你的手；只要你……只要你愛這個男人，這種犧牲，這種痛又算是甚麼？

為了這一夜，我願意做的，盲目地相信的，竟比我想像中的更多。

而經過這一夜，我亦真正的成了一個完全的同性戀者，經歷過所有要經歷的事情。以後阿明他們說甚麼，我也不怕了，因為我已經有了愛。

我深深地相信，我和Kelvin，自從那天他說了那句「我愛你」，話已留在時間的空間中，我以為這一刻已變成了一生一世；如果他不肯說，這段故事彷彿是欠缺了點完美——年輕時就是這樣地著重一生一世。

●

多年後有一次和朋友 Scar Jo 談起「一生一世」。

我說：「那時我真的相信有一生一世的，雖然我仍未見過，但我是真心相信的。」

Scar Jo 說：「我腦中沒有一生一世這概念。最極其量是，小時候當我鍾意一個人，愛到好鍾意好鍾意好鍾意的時候，我就會幻想，如果到死的一刻也可以死在他懷抱中，那就是非常幸福了……大概是這樣子。可是長大了，就發現這想法不切實際，會發生的，就會發生，死要認定一件事會一生一世，好辛苦的。因為『一生一世』的想法不切實際，所以就不會再想，漸漸就沒有這念頭在我腦中出現，或者你說得對，我開始變得沒有幻想的空間。或者，我已變了年老的Jennifer Aniston。」

—— Scar Jo，三十一歲，電視台導演，形象走偏風藝術家路線，現在單身（「現在」代表好幾年）。

2.6

現實是無法改變的，會發生的始終要發生。就算我們不去想，不去理會，把他當成不存在。

「明天晚上一起吃飯好嗎？我後天就要到樹仁面試，好緊張，之前我想抱抱你。」在家裡小聲地對著電話筒說。

「明晚不行。」Kelvin聲音裡沒有平常那跳脱的聲音。

是Gary回來了。

我終於成了第三者，還是最不可饒恕的一種；我搶的是朋友的男朋友。

那時四周似乎流行著一種對第三者的説法，主題大概是「狐狸精的法則與德行」：身為第三者，明知人家有老公，就應清楚知道，星期天、聖誕節、情人節……統統沒有你的份。要是有手段，不怕被世人唾罵，早就把男人連同所有節日餘慶都一併搶過來。狐狸精是不能怨，不能恨，要心甘情願，因為你老早就知道了。

數個月後，無聊電視播了一套紅爆的電視劇《再見亦是老婆》。市民大眾自然支持老婆陳秀雯，可是我卻突然同情起搶人老公的周嘉玲[19]。

只要想起Gary，我都會聯想起周嘉玲，人家一句句：「狐狸精！」地罵她，都似在罵我。

從前不明白有甚麼人會搶奪人家的東西，現在我明白了：「因為愛他！」——當然我以周嘉玲來自喻，是有點高攀了。

自始我一直追蹤著周小姐的演藝發展。離奇的是在周小姐的演藝生涯中就只這一次演過第三者，《重慶森林》中她是空姐，《晚九朝五》中她甚至被好姊妹搶男朋友……就算在娛樂雜誌中的現實生活裡，她亦不曾做過狐狸精。可為甚麼全香港人都把她當狐狸精，女人一見她就咬牙切齒？難道她的演藝巔峰就是做狐狸精，誰人會帶這個理想進入演藝圈？

問題的癥結是：周嘉玲的樣子出了甚麼問題？

是她的樣子，鬼妹仔[20]似的媚態招惹事非？

還是世人都認定狐狸精是有一個樣子的？

從家裡浴室日出照射下的鏡子看自己，我絕對不似第三者，但卻在幹著第三者的勾當── 狐狸精是沒有樣子的。

不安的情緒困擾著我，時起時伏，極難過的一周。Kelvin能留在我身邊多久？而我又能應付這關係多久？

我趕赴著三間大專院校的面試，兩間社工系，一間新聞系。面試中途，我試著笑，試著樂觀地回答問題，雖然我覺得自己表現不俗，可是

19

周嘉玲：畢業於香港大學法律系，1991 年香港小姐亞軍。當選後曾參與多套電視劇與電影。但其處女作《再見亦是老婆》演活鬼妹仔性格的狐狸精，搶人家老公。故之後她無論做甚麼，也難討得女性觀眾喜愛。

20

鬼妹仔：一種政治不正確的叫法，男的叫「鬼仔」，女的叫「鬼妹仔」。要更詳盡的解釋，亦請購買小弟的《突然獨身（華語版）》。

信心全失，心裡揮不去的念頭：「面試官會看得出我是個狐狸精嗎？」

Kelvin也是會每天傳呼我的，大多數是辦公時間，打電話到我公司去，還會對著傳呼台小姐說：「早晨。」、「晚安。」、「祝面試成功。」、「對不起，今天晚上不能陪你。」……似是從賀卡中抄襲出來的問候句。

我亦禮尚往來：「昨天晚上有失眠嗎？」「今天下雨，請帶傘上班。」似巴士上那句標語：「行車途中，請勿與司機談話。」冷漠無情。

有時在公司無聊，我也會打開他送過給我的留言，心裡一陣安慰，我要的是一種他愛我的證明── 他心裡仍是有我的！六天後，我又在他家裡留宿；當然是Gary又出團工作去。在我的要求下，我們做愛時也沒有進行「最激烈徹底的性行為」。

高潮過後，他從背後抱著我，手依依不捨地在我身上游走，我已愛上了他粗糙手掌撫摸我身體的感覺。轉過頭吻他：「剛才親得這麼用力。有想我嗎？」

他嘆了一口氣說：「我很對你不起。」

「我知道，我懂得，不用道歉。」看著他疲倦的眼睛，又親了他兩邊的眼皮說。

他低下頭來吻我：「如果他有你這般體諒我，那就好了。」

「怎麼回來那幾天，也吵得成架？」

「Gary說他每個月只有那數天在香港，我也不能常陪伴他。」

我說：「你有工作需要嘛。」心裡卻想：「你在香港的時候，我已沒有霸佔了他的時間呀，還投訴些甚麼？」

我又搬出王家衛電影中的對白來：「他認識你第一天，就應該知道你是甚麼人，做著怎樣的工作了。但同樣地，你也應知道他是做甚麼工作的。一個月就只那幾天在香港，自然希望你多陪他，多和他一起。」我轉身平躺著繼續說：「有哪個做人男朋友的不希望這樣？」

「我知你希望。可是……你不希望我和他分開嗎？」

「你和他分開了又怎樣，然後又公開宣佈和我keep嗎？阿明他們會怎樣想？而且Gary也算是我的朋友……我很矛盾吧！」

這是個古怪的場景，Kelvin和Gary吵架，根據我這「狐狸精」角色的設定，不應是拍爛手掌，等著看好戲的嗎？

現在竟然是和我男朋友一起談論著我男朋友與「正宮」男友的戀愛關係，還勸導他放鬆心情，多欣賞Gary的優點，是我感到內疚嗎？

那我和Kelvin又算是甚麼的關係？

社工系還未收我，就已經掛起牌來做婚姻輔導。

或者我根本不適合做第三者。

來到今天，我終於明白我愛Kelvin甚麼。對著他，很多事情也能暢所欲言，就算是談他與Gary的事情，也能以一個第三者角度，冷靜分析；這關係就是這一點棒，我從來都沒遇見過。——當然是因為我遇上的男人不多！

「要不是我那天掉了你的電話號碼，要不是我不懂得推卻別人，要是我早一點認識你，那有多好？」Kelvin整個六呎人兒窩在我懷抱中，我輕輕地掃著他那糾纏不清的曲髮。

「我們是timing不對，但現在我不是在這裡嗎？這樣也好，是我男朋友人好，才多人喜歡。而且你少見我一些，也會掛念我多一些吧！」我說罷，他從我的懷抱中躍起，給我一個深吻，舌頭伸到我嘴裡亂攪，他下面又挺起來。

「我們再來。」他把我整個人抱起，讓我坐到他一雙長腿上面，手已摸到我身後面去。

「不是說我們不會每次都做這個嗎？」我感受到他勃起了的陰莖在我後臀中擾擾攘攘。

「可是……我很想你。」

再一次他的細菌向我侵襲，汗水又一次滴到我身上去，這一次還是痛的，但沒有上次那樣嚴重，可是仍未能從中得到任何快感。我能感受到的，是他強烈需要我，或者只有這樣才能夠表示他的歉疚。

這晚是我們第一次談論著我們的關係。事情搞定，結案陳詞，Kelvin和我與

Gary的三角關係亦漸趨穩定。

只要Gary不在香港，Kelvin就是我完全的男朋友。我可以隨時打電話到他家裡去，說個痛快，雖然我們的活動範圍只維持在沙田，但沙田也有戲院、餐廳與獨有的馳名雞粥，最重要的是有Kelvin。

當然叫我最難受的，是他把那「最激烈徹底的性行為」變成了一件例行事宜──對於肛交，I still don't get it!!

假如Gary在香港，就要等Kelvin主動聯絡我了。作為一個專業的狐狸精，我的主要工作就是等電話，此外我又會和阿Phil他們外出。

當然我們那個五人祕密小飯桌，仍是繼續著。我仍是那個有說有笑說話「啜核[21]」的Clive，Kelvin有時會偷偷給我打個小眼色，沒有人看得出來──我應該去投考演藝學院。

這期間，我在PP Disco重遇Sam Wong；中學我修讀美術科時，老師指派的高年級指導學長，中七後他入了中文大學讀Fine Art，剛畢業，現在一個小劇團中落腳。

他在Disco裡一見到我就抱著我親了一口：「波波，變大個仔了。早就猜到你是，快寫電話號碼給我。」都說我小時又矮又胖，名字又叫振球，故一直給同學叫阿波（ball），或是波波。重遇Sam，令我更愉快的是我以後不只有阿明他們一班同性戀朋友了。

和Kelvin這戀愛模式，對於廿一歲的我自是不能滿足的。我要的是熱烈的，

似火一樣兼帶夢幻色彩，一生難忘的戀愛。很多年後和Arthur説起這件事，他的評語是：「白痴！你和他這樣還不夠drama？你這drama queen。」

至於適應第三者這個角色，我會用自我安慰的方法——重看了三次《射雕英雄傳》。

因為《射雕英雄傳》中的黃蓉，開始時也是介入郭靖與華箏公主的第三者，後來不是平反成功，成為萬人景仰的女俠嗎？所以戀愛關係和事業成就是不會不平衡的。

而對於這段關係，我內心卻一直抱著一個堅持：Kelvin和Gary不能因為我而終結。

我會不能原諒自己的！

其實，我要的只是愛，為甚麼會淪落成這樣子？

兩星期後，《南華早報》公佈結果，城市理工學院收我入讀社工系；收一隻狐狸精讀社工系，校方會否反悔？

那天少有地 Gary在香港，Kelvin也叫我上他家；因為他知道大學收我？

拿起電話第一句是：「今天晚上能陪我吃飯嗎？我心情很壞，我要和Gary分手。」

「甚麼？」我心裡想。

終於還不是上了他家，一整晚，他沒有問過我今天大學放榜的事情，我亦不敢問他發生了甚麼事，但明顯地感覺到他心情煩躁。

他坐在沙發上，我則坐在他大腿上，手一直在我大腿上下撫摸著；只有心情差，他才會這樣。

家裡電話響起來：「喂！你還打電話來幹甚麼？我不是說要分手嗎？你藏在我家洗手間抽煙我也算了，你竟然偷看我的傳呼機訊息？你信不過我，還要和我在一起幹嘛？」在一邊聽著的我，正暗自慶幸已答應為了他戒煙。

不過偷看傳呼機留言？

Kelvin有刪除我的留言嗎？

當我還在想留言的問題時，突然又來了一種聲響把我喚醒，是門鈴，Gary在門外虛弱地說：「你先開門，讓我見到你再說。」

我緊張得整個人跳起來，嚇得面無人色，手心冒汗。Kelvin看見，伸手過來握著我的手，然後另一隻手用力的抱著我的腰，讓我再次落入他的懷抱中，我用手掩著嘴巴，怕自己叫出聲來。

21

嗘核：香港俚語，指說話很有攻擊性，處處中你要害。

Kelvin真的生氣了，平常臉上那愉快的神情不見了，漲紅了臉對外面吼叫著說：「你走！走呀！你不走我叫警衛。我今晚不想見你。走！」「你再不走，我以後也不會見你！」

終於門鈴不再響，Gary走了，Kelvin的手也放鬆了。

我似害了一場大病，渾身是汗，心跳得很快，終於：「嗚！」的一聲叫了出來。

我終於感受到身為一個第三者的恐懼；同時，聽到Kelvin發怒的聲音，那狠絕的對白，是我第一次見識到一個男人的絕情。

從來沒有試過這樣子的恐懼，這一切是我咎由自取罪有應得的。

那天晚上，躺在 Kelvin的床上，第一次求他：「請你盡快選定一個，原來我受不了。對不起！」

原來，Kelvin不似我想像中的果斷。數天後，他又和Gary和好，但仍繼續找我。

如果最終還是一場傷心，一場眼淚的話。

這決定他不做。

我做！

世人是否都認定狐狸精是有一個樣子的？

「有些人是有個狐狸樣子的，還有很多女仔，一看就知道她是，因為天生一個二奶格，這是最低的招數。你看我，男人見到我這個良家婦女神祕烈女look，自然會覺得有挑戰性，誰估得到我又試過紅杏出牆，又試過當狐狸精嗎？我是個 exceptional case，亦是THE ONLY exceptional case哈哈哈哈哈！」

—— 蕭小姐，三十歲，市場推廣經理，全職 Fag-hag [22]。結過婚，離過婚，做過第三者，試過紅杏出牆，未試過暗戀基佬，現在單身。

---

22 Fag-hag：簡單的解釋，是指「愛和基佬玩樂的女子」，詳情，請看《突然獨身（華語版）》。

⋯⋯by the way，看到這裡，你覺得想學好港語，不用買《突然獨身》嗎？

2.7

分手，是我一個人的決定，沒有和Kelvin交待。我心想，這段情，就由它慢慢變淡，我不要再煩他，不要再坐在家裡等人約會，不要做得那樣子賤，我要脫離那五呎四吋，一百六十五磅的靈魂。

Kelvin找我，我依舊回覆，用冷淡的聲線，絕對不肯和他單獨外出；大庭廣眾見面，也是禮貌周周的，他也知道發生了甚麼事情，也減少了打電話給我。

就讓我生命裡第一個愛的男人慢慢淡出，直至褪色。

這時我又想起阿明他們有時談起從前的戀情。他們的戀愛故事大致出來的結論都是愛情本來就很難，同性戀沒有家庭子女的因素，就更加難了。

我們同性戀的愛情真是這樣苦！

不過我從前也不就是一個人？

對！我要做回從前的自己，一個人想來就來，想去就去，很瀟灑撇脫，也能是種快樂來的。

一個人也能很快樂的！

一個人也能很快樂的！

一個人也能很快樂的！

廿一歲，第一次愛人，要做這決定已不容易，要知行合一⋯⋯在我心裡的一

角，Kelvin仍偷偷的寄住在那裡。

不自覺過了四個星期，可能是快要脫離以往的生活，我亦習慣Kelvin日漸減少的電話，我感覺似能有個新開始。

新開始，新開始，我心情愉快，有時見到阿明他們一班人，也不覺得他們怎麼可惡了。

有天在銅鑼灣的Big Echo卡拉OK房裡，那天不知是誰的生日，酒喝得特別多，煙也抽得特別兇，我竟和他們一起玩起「俄羅斯輪盤」來。

不清楚這是否與Kelvin有關係，那天我也跟隨大家紅酒、白酒、啤酒不停喝，可是當阿明他們問我是否不快時，我大叫：「不是，我很好，進大學，怎會不開心？哈哈哈，我不止很開心，我還非常興奮，飲！」

酒精上腦，先是快感，變成輕飄飄，未到一時，我已上洗手間吐了，吐了人反而更醉。

第一次喝醉酒，腳步浮浮，朋友堆裡有一個Benny，我們有時會叫他Uncle Benny（背後是 Auntie Benny），約三十三、四歲，一向衣著出位，珠片低胸貼身衣，小小的臉，天然捲曲的頭髮，已有M字額，倒及牙²³，有酒窩，平常也不多話，雖有點sissy，但人不錯，時常一副和藹可親的樣子。

Uncle Benny見我醉得厲害，幫我要了杯參蜜：「小朋友，醉成這樣子，來，我借大腿你休息一會兒。」也不用引誘，我迷糊中「啪」一聲倒在他大腿上去。

他拉過了一件外套給我蓋著，然後我感覺到他一雙手輕柔地在我太陽穴上按摩，舒解了酒精帶給我那不舒適的感覺；他的手雖然小，但多肉柔軟，真是溫暖。

房內大家仍在喝酒唱歌大跳大叫著，Uncle Benny沒有參與，繼續給我按摩。一個月沒有被男人觸碰過的身體，皮膚記憶著那種安穩的感覺。

眾人都在的情況下，我把手放到頭邊，Uncle Benny用手力握著它。

今天晚上，我要的，或者就只是一隻男人的手。

那天離開，Uncle Benny向我說：「你很醉，要送你回去嗎？」

我搖了搖頭：「多謝。不過不用了，反正死不了，我還要留一條命讀書。」

「小心。」

這陣子，我開始較少見阿明他們，因為有了Sam的存在。見到Sam，我心情亦輕鬆了很多。他在很多事情上，都能給我一些正面的答案。只是我仍沒有向誰說過和Kelvin這件事，一件連我自己仍未接受得了的事情，我又怎能告訴他人，就算是Sam，我不想和他一重遇，就給他一個壞印象。

我知道的，只要大學開學，我正式脫離中環，脫離朝九晚五的生活，重投校園，我就會好了，雖然新學校似一個商場；Well，我一向喜愛逛商場的！

開學前一個周末，阿明他們竟為了我搞了個宿營，其實是想用盡我公司大嶼

山貝澳的平價度假屋的優惠。

我公司的度假屋有三個大房子，那天一共來了十二人；Kelvin那天也會出現，不過要下班才來。之前，阿明特地和大家報告：「Kelvin和Gary散了，待會不要亂說話。」——他最喜歡這樣子，以示他的德高望重。

我和Tommy正在廚房裡準備晚上的燒烤用品，聽到這消息，心裡一陣狂跳：「他分手，幾時的事？」我問Tommy。

「大概是上星期的事情，上星期我們去Champion，你沒有來，所以不知道。聽說是Kelvin有第三者。」Tommy壓低聲音跟我說。

我心又一陣狂跳：「知道是誰嗎？」

「我知道就好了。狐狸精，定不是好人！」他一副陰森的樣子，似是怪談節目主持的聲線。

「是嗎？」我笑著說。

死了！死了！給他們知道了怎麼辦？

可同時我又想，他終於和Gary分手了，我終於

23

倒及牙：「哨牙」是指上排牙齒突出；「倒及牙」則相反，是指下排的牙齒突出——即唇斗。

等到這一天，Kelvin……他會怎樣，他會再追求我嗎？我要答應嗎？「迪士尼」病毒即時入侵，眼前竟閃起我和他一起走在眾人面前，一副幸福快樂樣子的圖畫。

想著想著，那圖畫竟會變成Kelvin赤裸的身體，臉上是第一次進入我身體時的表情，我……有生理反應。——連我的身體也掛念起他來。

晚上，Kelvin來了，大家也沒有提問，包括最德高望重的阿明。

我們燒烤完畢，到沙灘玩了一會兒，又回到度假屋喝酒打麻將，到時間差不多，有些人先後回房中睡覺，又有些繼續竹戰[24]。

四個人一個房間，我竟分配到與Kelvin一間房。還有另外兩個是Uncle Benny與另一位不多出現的朋友阿傑。

阿傑有一塊大方臉，整齊髮型，五官端正，只是眼睛整天一副高高在上眺望遠處的神情，有點高傲，因為他正在律師行做法律助理。

我們把兩張床合起來，Uncle Benny推說年紀大，早上床，所以睡到最裡面去。我也不勝酒力，跟著回到房間，睡在Uncle Benny旁邊。

在床上，心裡興奮，等著Kelvin進來；我知道他一定會睡在我身邊的。可是真的喝得太多，不知不覺睡著了。

到我張開眼睛，旁邊果然多了兩個人，一看那白底背心現出來的頸椎，我知道那是Kelvin。

他瘦，窗外日出光線透過薄窗簾柔和地照射
進來，也看得清楚那一小節一小節性感的脊椎
骨，上面是那招牌式跳躍的頭髮，現在都打橫
向一邊。

Kelvin的身體微微地擺動著……他在叫我。

可是旁邊還有其他人在，這不是太大膽了嗎？

我轉身，移近他身後，把頭往他背心上露出的
頸椎後面磨蹭，手慢慢伸出去，順著他背心往
下面掃過我熟悉的地帶。Kelvin也給我弄得左
右搖晃，一副強忍著快感，興奮的樣子。

我貼近他，舌頭輕輕舔著他後頸，這是他最敏
感的地方，手繼續往前，沿著臀部，往前，往
前，往前……突然一隻手搭上來，握著我的
手，用力地放到身後去。

對！我一時給情慾衝昏了理智，這地方太過危
險了。

其實，只要他握著我的手，那就是一種肯定，
一種安慰，一種幸福。

我把頭挨近他背上，八月晨早的陽光斜射入房

24

竹戰：香港俚語，「打麻將」
的文雅叫法。

99

中，似是日本電影的光線，一陣幸福的感覺。

半夢半醒間，不知是誰的傳呼機響了，是Kelvin。他今天還要上班，真可憐。

放開了我的手，走到外面梳洗，回來時，我張開眼偷看他，他已穿好衣服，回來拿手提包，笑著向床邊走過來。

這時睡最外面的阿傑突然坐起來，放輕了聲線，向Kelvin說了一句我永遠不會忘記的對白：「小聲點，我送你出碼頭好嗎？他們都在睡，不會知道的。」之後，往Kelvin臉上親了一口。

我‧死‧了……

從半瞇眼中看見這有如恐怖片一般的場面，耳邊一陣「嗡嗡聲」響起，血不停往腦上衝，然後甚麼也聽不見了……，我聾了，連自己的心跳也不覺得，我聾了，還是死了。我整個人變得僵硬，似是夢魘般動彈不得，直至他們雙雙離開了房間，又聽到大門關上的聲音。

「咔！」

我「呀！」的呼出一口氣，手腳僵硬冰冷，不停地喘氣。

這時，我才再次有心跳，再次有呼吸。

理智回復，我第一時間跳下床，穿上了牛仔褲，帶上眼鏡，跑到天台去。我

公司當真對員工不賴，這度假屋是貝澳最高的一幢，從天台能把整個貝澳的景色一覽無遺。

是他們了，清早人不多，他們拖著手走到巴士站，我怕給他們望見，所以半蹲下身體，直至他們一起上了巴士離開。看著他們，心裡不停問：「為甚麼是他？」「為甚麼是他？」「為甚麼是他？」「為甚麼是他？」「為甚麼是他？」「為甚麼是他？」

我雙腿已變得冰冷麻痺，可是卻一滴眼淚也沒有，為甚麼會這樣？他不是愛我嗎？剛才他還握著我的手！

來到這裡，我明白了一切，甚麼timing不對，甚麼從前在髮型屋的lover對他不好……他連高傲的阿傑也能弄上手，我又算得是甚麼？

這時我記起電影《Crying Game》（亂世浮生）裡引用的一個故事：

蠍子要青蛙背他過河，青蛙不肯，怕蠍子會咬死他。但蠍子說如果我咬死你，自己也不是一樣葬身河裡嗎？青蛙想他說得對，於是就背他過河了。來到河中央，蠍子還是咬了青蛙一口。青蛙死前問蠍子為何要咬死他？蠍子無奈地說：「我本性就是如此，自己也控制不了！」結果雙雙死在河裡。

原來髮型屋的同事沒問題，Gary沒問題，我也沒有問題……是Kelvin，他的本性就是如此。

只是我料不到，最終那個竟然是阿傑。

哼！Gary輸了，我也輸了，我預見高傲的阿傑也逃不了⋯⋯

大家都輸了，輸得徹徹底底。

我到洗手間洗了臉，回到房間裡去。

Uncle Benny半張開眼問我：「其他的人都到哪兒去了？」

「我不知道。吃早餐吧！」我說。

Uncle Benny睡在我旁邊，蓋好被子又伸手摸了一下我的手：「這房間的冷氣真厲害，我去調低一點，行嗎？」

「無所謂。」

他站了起來，到窗邊調校冷氣，又回到床上，握住我的手說：「你臉色很差，別跟他們瘋，喝那許多酒，你看你手腳冰冷的。」

Uncle Benny的手的確很溫暖，拖著我的感覺溫柔，一陣慈愛的氣氛。見我的手沒放開，他更用力地拖著，坐了起來。我看著他把房門上鎖，像是最理所當然地，脫掉了上身的衣服，現出有鍛鍊過的胸肌，減不了的小肚腩，底下頭往我臉上親下去，手拉起我的T恤，嘴舔食我的乳頭、肋骨、肚臍，順暢地拉下我的運動褲，吸啜我的下身。

經過早上這一陣混亂，我已無思考的能力，看著 Uncle Benny，我不是不知所措，而是不想去想任何東西，於是我睡在那兒，似死屍般，由他作主動。

看著他爬在我身上蠕動著，生理反應是自然有，可是卻沒有激動。我明白，這對於我只是性交，現在我要一個男人去證明我的價值。

Uncle Benny是喜歡我的，和他一起他會認真地看待我，甚至會公開我們的關係，我和他手拖著手出現在人前，給大家取笑。我一直幻想與Kelvin會發生的未來，Uncle Benny全都會給我。

看著他那頭頂上的花尖，他誠懇的眼神，在他的挑逗下我仍是會勃起的陰莖，我清楚知道，只要我説一聲：「好！」我將會得到所有期望的東西。

可是我沒有那種感覺，若我説「好！」，我就會變成了Kelvin。

可惜！Uncle Benny是個好人，但我不愛他。

我不愛他，那我在幹甚麼？我似是驚醒了：「Sorry，不成，我不想做！」這個「不」字，遲了一個世紀。

Uncle Benny笑笑，有點無奈，又似乎很明白了解，幫我拉好褲子與T恤，自己也穿好了衣服，躺在我身旁。

「Sorry！」我説。

「不要緊。」

「我不愛你，但多謝你。」説罷，我起來往他嘴角親了一下，看著他。在之後很多年，有時想起Uncle Benny，我都會怪自己那時不懂得發掘男人的

好。──但願我能愛他。

離開房間，坐在客廳裡抽煙，想不到阿傑已回來了。他打開門，看到我，似是給嚇到：「你⋯⋯醒了嗎？」

我明白那眼神的意思，他朝君體也相同，用不著我出招，以後也夠他受了。

「不累，想到下面喝奶茶，你來嗎？」

阿傑回房間睡覺去了。

來到貝澳村下面的一間舊茶室，晨早八時，旅客大都未起床，吃東西的還是本地人。

我喝著奶茶，抽一口煙，塞著耳筒，在微熱的初夏，海灘邊，日光下，聽著Cocteau Twins的《Four-calendar Café》唱片；是王菲在《胡思亂想》唱片中翻唱過，我才懂得聽Cocteau Twins，之後還有Cranberries、Tori Amos、Bjork⋯⋯，中學時開始聽王靖雯，只因為一把好聽音，不知她會帶我走那樣遠的路。

在一片迷幻的曲調裡，我想通了一件事，有些事情一開始，去到結局，就似是由北京來的夏琳[25]去到冰島的Bjork，你能想像到中間的聯繫嗎？

如果王靖雯繼續叫王靖雯，留在香港做那玉女派，唱R&B，跳CHA-CHA舞，她仍能唱到今天嗎？

我看著自己的一對手，看著上面雜亂的愛情線想：「現在的生活以及一切是我要的嗎？」

去年這時候，我剛加入這個圈子，去了一次同志聚會就沒有再去，原因是我希望自己可以交到更合適的朋友，找到更好的愛情。但現在我有甚麼？我學到了甚麼？

上星期和Sam吃飯，他問起我入學的準備，也提起我的一班朋友：「我從小看著你長大才會出這個聲。你那班朋友，哼！只懂得飲飲食食，去Disco、卡拉OK，扮靚，等男人包，講是非，你這樣下去有甚麼前途？記著，你和甚麼人一起玩，就正正反映你是怎樣的一個人。讀書時你都不是這樣子的。那時你雖然很吵，很多話，很多問題，但卻很直率，這性格很好，那個波波到哪兒去了？」

「我都沒有朋友！」我嘟囔著。

「如果只是為了要朋友而與他們一起的話，我情願一個人……或者去死，拿這個回去，自己好好反省。」

Sam說罷，放下了這張《Four-calendar Caf'e》的CD給我，上面一張notice寫著：

夏琳：王菲來移民來香港前的名字。夏是其母的姓氏，是到十五歲、即文革後，才改回跟父親的姓的！

「Track 1 : How can you be confident if you don't know who you are?」

第一首就是《知己知彼》的原裝版，叫〈Know Who You Are at Every Age〉，我一個字也聽不到，但我竟能聽到裡面的迷惘，應該是我自己的迷惘。

Know who you are at every age!

Know who you are at every age!

Know who you are at every age!

我知道嗎？我知道嗎？我知道嗎？

突然，我知道了！

我終於流出了眼淚。

也是時候了。

一個星期後，是我在中環的last day。

下班後，Phil和我到97 Happy Hour。

「Phil。多謝你今天請我吃飯。」我在他耳邊說。

「多謝？我只請吃飯，這杯你自費。」他說。

我看著四周的環境，給他遞了一張紙：「這是我新傳呼機號碼，舊的沒用了。」

「我有你家電話號碼。不過，為甚麼要轉號碼？」他說著，還是把紙放到銀包裡。

「想有新開始。……和你說個祕密。」

「好。」

「我和Kelvin一起過。」說著，我拿起檯上的Corona喝。

「是你？我真是看不出。幾時的事？」

「你會看不起我？」

「怎會？這是你的事，只是我覺得你是不能保守祕密的人，沒想到你能忍到這個時候才跟我說。」

「要是真祕密，我絕對可以保密！」

「是嗎？那我的觀察力太差了。他和Gary分手是因為你？」他說後，我用力抱了他：「多謝！是在那次在Tommy家燒烤之後，我跟了他回家。不過，他和Gary分手，不關我事，是另有其人。」

「唔。所以你換電話號碼避他？」

「是避，不過不只是他，是他們。你不會覺得和阿明他們一起沒前途嗎？我不想做李嘉欣，只有美貌，我還想讀完書後有點氣質。所以，這陣子我會消失，只見你。這年玩得太瘋，我要讀好一點書，我好像忘了直吧是怎樣的一種味道，有些直朋友也很久沒見了。」

「會捨不得中環嗎？」他一手搭著我的肩膊說。

「小時候很想到中環上班，但現在天天在中環上班，放工後是中環，星期六日去玩，又是中環。中環又不是世界中心，又不是夢想，更不是個家，沒有必要每天都去一趟。除了你，你似是我的家人，我只是不捨得你，怕沒有人陪你到HMV聽CD。」我們兩個人互相依偎著在酒吧的沙發椅裡，繼續我們的嬉笑。

People come and People go!

第一次感覺到生命裡的人來人去，有時太過熱鬧，有時又太過靜，不由你作主──這是我第一次相信有宿命。

進念劇團那時有一套話劇叫《教我如何愛四個不愛我的男人》，看到名字，已覺得難，可原來要不愛一個我愛的男人，更難。

他是我生命裡第一個愛的男人，他是我第一個Kelvin。

Kelvin，Kelvin⋯⋯我想著要忘記，忘記一個人至完全記不起，才是對一個

人最大的憎恨，可是愈是記著要忘記他，反而記得更堅實，到底他是我第一個完全投入去愛的男人，雖然我們的愛情故事裡可能根本沒有愛。而最真實的原因，我知道，你也知道，可是都不忍心說出口。

太愛一個人，很痛苦。

在不知何為愛的情況下去愛人，不值，但那時會覺得自己很偉大。

十年後想起，不知能否慶幸自己曾有過這種無知。——年輕嘛！無知得起！

可是就因為他，之後這許多年，每每聽見有人叫Kelvin，都會不自覺心頭一震，方寸盡失，瞪大了小禿鷹眼來看過清楚。

Kelvin留給我的除了知道愛人的感受，還有傷痛過後復原的一條創疤，像刺在身上一個烙印。

回到學堂，彷彿有個新開始，還有些不能預計的事情發生，完全改變了我的生命。裡面的痛，比起這次的更甚，留下的傷痕更大更明顯。可是最初的痛，是叫人無法忘記的，因為一切好與壞，都是從這裡開始的。

或者人就是要經歷過這許多痛苦，望著傷痕，讓痛苦的記憶來推動我們前進，我們才能繼續努力做好一點，去避免這種痛再次發生。

有時我會認為這種痛是幸福與淒美，傷痕是美麗的裝飾品，然後一直地沉淪。

又或者我的本性就是如此。

我的宿命也該是如此。

小時候看的童話故事與亦舒小說主角的生活情節，沒有在我生命裡出現；又或者是轉換過另一種方式出現。

但也是以後的事了！

人算不如天算，人有時為了得到救贖，是會不惜代價，自我蒙蔽起來的。

我學懂的，是當遇上困難，我們要做的，就是打開一扇門，讓其他人進來幫忙：「喂，我還以為你起不了床。」門外站著的是Phil。

「你請吃早餐，我當然起得了床。你真會擇日子搬屋，今天只有八度，不知你看哪本《通勝》²⁶。」他說。

「很冷，快進來。Kelvin快到了。」我笑著，迎接今天或是一直以來都很幫忙的朋友們。

26

《通勝》：香港人對黃曆的
稱法。

●

十多年後，有次和一位大陸的同志朋友談起：
「我們同性戀者的愛情真是苦！」這問題。

「我覺得怎只是苦，而是比一般的人要更苦。因為很多基人都無處傾訴，如果是出
櫃的還好，可是世間能出櫃的又是少之又少，尤其是我住在中國大陸。但是我覺得
GAY很多都很樂觀，覺得自己總比一般的愛情要擁有的多出一種感情，那是有別男
女的吧！更像是兄長之間的默契。所以仁者見仁，我就是那種以GAY為榮的人，並
且希望更多人有這樣的認同感，其實只需要多些自信，我們的愛情會更好的。」

我說：「誰像你一般的看得開與幸福？」

—— 森，廿七歲，傳媒工作者，打扮亦走傳媒工作者的知性路線，聽聞有與人交往，彷彿不
花心，皆因開始壯年發福。

有時候人就是需要救贖

3.1

每個人也有過去，這許多不同的過去，組成今天這樣子。

過去的那些日子，有些你記得，有些你不記得，有些是你不願意記得。

但無論你是否願意，過去將一直纏繞著你。

有些事情，是我絕對不願再提起的。

但在這裡，又無法不和大家交待一點點。

因為這些我不願提起的過去，一直影響著我，塑造成我今天這樣子。

壞事、惡運往往都在人生最美好的時候發生。每每遇上，都會想起中學時代看過的小說《倚天屠龍記》。小昭與張無忌被困在光明頂祕道裡，小昭為他唱了一首民謠：「世情推物理，人生貴適意，想人間造物搬興廢。吉藏凶，凶藏吉。富貴哪能長富貴？日盈昃，月滿虧蝕。地下東南，天高西北，天地尚無完體。」

「吉藏凶，凶藏吉。」——最好生出最壞，但壞到極處，又生長出花來。

一切又得從一九九四年，我進入了當時仍未算是大學的城市理工學院就讀社工系講起。

家族的遺傳似乎都能讀書。除了大哥因要養家，很早外出工作幫補家計，只讀到初中，但聰明絕頂的他，做三行工[1]至今也是個小老闆；大姐姐夜校半工讀上去會考也四優一良[2]，是個文化研究博士，九七前移民到澳洲去；二

家姐是工商管理碩士，也移民到加拿大去。

一家四兄弟姊妹中，只有我最不成器，是Band One中學[3]的「籮低橙[4]」，老師要我看的書我不看，只懂看小說漫畫、聽收音機、發白日夢。會考成績不理想，升不上原校中六，轉到另一間Band Five中學讀A-Level，中七又考不上，亂七八糟地工作了三年，方才回到學校讀書。

最高興的肯定是媽媽；「寡母婆守仔」的母親們都似乎有一種異能，不必開口，自然有方法令子女依她們的期望做事。

老媽做到了！

可是她的快樂是靜悄悄的，當然哀傷也是靜悄悄的，從不讓人知道。

雖然在大學公報取錄名單那清晨，告訴她《南華早報》印著我的身份證號碼，老媽仍表現得若無其事，但當我打完電話回公司請假，從洗手間梳洗完出來，十數張千元大鈔，早就放在餐桌上，媽媽已經上班工作去；她一直是鐘點女傭，所以特別早出門。—— 子女的事，母親都心裡有數。

1

做三行工：三行即是裝修等粗重工作，被視為低下的行業。

2

四優一良：優是 A 級；良是 B 級；如此類推，最後的竟然不是劣，而是「無法評級」。

3

Band One 中學：香港當年學制是比照英國，沒分高中、初中。而一般中學分為五組，第一組別（Band One）中學，即最好的中學，最差的自是第五組（Band Five）。而約十年前，改成只分成三組別。

4

籮低橙：指最最差的一群！

八十歲的嫲嫲之前有兩個孫子進大學的經驗，大概也似懂得進學堂是件好事，是脫貧的一條好路。晨運回來聽到消息，第一時間跑到冷氣機旁邊安放觀音娘娘的神龕上香，然後坐在一邊乘涼。她愛嗅燒香味，也愛看我吃東西。

而我，也是高興的⋯⋯我想。

能再讀書彷彿是完了一件差事、任務，證明我也能做點事出來。

讀完中七，工作了三年，轉了不下七八份工作；那時代找工作容易哩，辭了工，休息一星期，到尖沙咀星光行之類的「薦人館」跑一圈，一星期內定有數份聘任狀回覆，讓你慢慢挑選，可是我做過律師樓、設計公司、廣告公司、出版社、船務公司、銀行⋯⋯總沒有一份幹得長。

我工作還算是勤奮的，每次辭職老闆都會挽留，可是我還是走。原因是做得不快樂；我永遠不能感覺到自己是公司的一份子。

有時看見其他同事，對公司的大小事務，甚至老闆子女的大小事情都異常關心投入，我都會覺得不可思議。

只是一份工作，需要這樣全情投入嗎？

那種「不關我事」的感覺就像⋯⋯就像⋯⋯，或者舉個更極端的例子。

二十歲那年給舊同學「騙」去參加一個層壓式傳銷商[5]的講座。參加過的朋友大概都知那陣式，先是產品介紹，然後重頭戲「經驗分享」來了：一班人摩肩擦踵地堆在台下，祭神似的虔誠樣子。開始了，一個女人搶先走上演講

台去，白幕放著一張她二百磅的舊照片，女人拉起聲音大叫：「這就是我！那時候我一百八十磅，連男朋友也走了。後來經朋友介紹來到這裡，用了這公司的產品，看我現在只有一百磅，一共減了二十八吋……」在她一連串的分享與眼淚後，台下觀眾亦報上熱情的掌聲。跟著其他人一個接一個走上演講台，大家都精神抖擻，熱淚盈眶。活動尾聲，開始有一班人圍繞著你，要你加入他們，成為一份子，分享那份「溫暖傳銷」帶來的喜悅。

那次我在極不情願，又不知如何推卻下，簽卡買了一千七百元「健康食品」，之後我和那位舊同學因此絕交。

這個故事想說明的是：我坐在會場中，完全無法明白那些人的叫囂、揮手、流淚的投入與激情。我似是個死了的靈魂，從遠遠的角落裡觀看這不明白的場面，無法感受這另一個世界的感動。

自從中學開始，到長大了外出工作，我都不是一個容易投入，容易感覺自己附屬於某一個群體的人，我不似其他人，彷彿是一隻鬼魂，要找到一件依附物才能得以托世轉生為人。

5

層壓式傳銷商：就是通行全球的AMWAY、NU LIFE等公司所採的銷售手法。台灣稱「直銷」。

我從來都沒有「我屬於一個群體」或是「我很榮幸我屬於XX團體」的感覺。

中學時，我又胖又吵又脾氣壞，兼且不懂看人眉頭眼額，工作、交朋友、戀愛……甚至有時看著我的哥哥姐姐結婚生子，發育成一大個家族，我都是情緒抽離的，不知坐在那兒幹甚麼。有時為勢所迫，我就先令自己迷失，方才可以投入環境之中。

是我太過理智？

是我有問題？

還是我有病？

我不明白！

這種我不屬於任何地方的疏離感一直令我不安，因為我一直都覺得就只有我自己。

對很多人來說，讀書是人一生「最」好的時光，因為學生都沒有利害關係，大家都能交出「最」真摯的心來交往——說這句話的人準沒有讀過大學！

來到學校，我的老問題又來了，這次的問題可能是……我老了！

工作了三年，還附送一年同志生活體驗，重返大學時一看，人家廿一歲大學畢業，我廿一歲才讀大學一年級，同班的同學都是中七出來的小娃娃，沒捱過鹹苦，雖然入的不是港大，大家都覺得認定肯定確定自己是個天之驕子，

得勢不饒人，King of the world。可是看真點
又仍是那副死中學生蠢相：喜歡一班人圍在一
邊「小蜜蜂，嗡嗡嗡」，永吉不理睬芯儀，又
這班杯葛那班，我這種不知如何分類的就更是
異型。再加上讀社工系的都似乎是有理想的份
子──十年義工服務經驗加童軍加XXX嘉許證
書加「做神喜悅的事」的教徒……之類，早在
O Camp[6]時見到那虔誠的黑眼珠，已叫我受不
了。

一九九四年的社工系學生，大都是保守的老實
人。記得我第一天上學，為了隆重其事，特地
配襯好衣服，深藍色501與Moschino大金字粗
腰帶配Patch work格子爛恤衫，只扣三顆鈕，
還有當時剛開始流行一對扮Gucci Loafers的
Esprit皮鞋兼要不穿襪子，W&LT的鮮黃色斜
肩袋，配上一副黑邊綠鏡片的有色眼鏡應戰。

當我手捧著一個Sony Discman似八十年代歡
場片女主角推門走入班房時，全場嘩然。

同學把我推到一個化濃妝，染金髮與背著一個
寶藍色魚簍Bold袋的女同學身邊。── 他們都
認定我們將會是知己。

一個衣著樸實，即是把polo恤擠進高腰洗水

6

O Camp：Orientation
Camp，一般香港大學迎新
營的簡稱。

Big John牛仔褲裡的男同學在小休時跟我說：「這樣說是為你好。我覺得這裡不適合你，我建議你轉系！」

我笑著說：「多謝！」

心裡卻想：「出事！」

可是都說我性格一向好勝，你說我不適合？嘖嘖嘖！小朋友你是老幾？你工作過嗎？我就證明給你看！

三年後我畢業，但那年找工作難，我這間非名牌大學就更是蝕底[7]，但慶幸我是首批找到工作的畢業生，「衣著樸實」四年內入不到本行，活該！

果然，在第一年的大學生活，我就受到排擠。除了這個大學生身份，其餘的，我都覺得不喜歡。雖然一年後，同學對我加深了認識，知道我做功課十分快手，說話又流利，在分組做報告時大大有利，總爭著和我一組做報告，但已經不是期望中的清純友誼，我已不願與他們在一起。—— 這種低級的清純我受不了。

在大學三年，我做得最多的是在圖書館的video房看舊電影，在全港最難食大學飯堂做功課與在隱蔽的地方抽煙。我還經常一個人捧著 Discman發呆，由那時起，王菲MadonnaAlanisMorissetteGeneSuedePortisheadCardigan林憶蓮陳奕迅黃耀明都是我最佳的屏障與朋友。

還有一件事，我開始聯絡一些從前在中學的舊朋友；之前因為醜，人家都進去大學，一直不敢聯絡。

現在總算有點成就；不管在外表與學習上；可是每每約出來見面，我就更覺寂寞。我聽不懂他們的語言，同時又不敢向他們come out，繼續和他們談：「那個女子胸部真大⋯⋯哈哈哈！」

我能夠怎樣？

我出現嚴重的identity crisis，身份認同危機。

我知道，我亦清楚，自己是個不折不扣的同性戀者，當日對著阿明這班賤人也可以忍辱負重，就知道我能夠真正認同自己的身份，進入這圈子是多快樂。

心理學讀到金賽博士的Kinsey Scale（金賽量表），我肯定自己是第六度：Exclusively Homosexual，完全同性戀。這是我人生第一次出現我感受到自己是屬於，belongs to某一個團體的快感。——當然距離我說：「很榮幸我是同性戀的一份子。」還差很遠。

我進入同性戀這圈子短短一年的時間，「香港同性戀導論101」已經植入我身體裡，走到尖沙咀的XX直人酒吧，一看那裝修，那氣氛，那音樂，看到直酒吧的直人在猜枚喧嘩，只覺

7

蝕底：可解作無法與他人爭，輸給人家的意思。

嘈吵與低等，直與野獸無異。最重要的，是我經歷過和Kelvin的戀愛，這種事一開始就停不了，我忍不住了，每每在話題中不能談到男人，就會覺得語言無味起來。

那時我開始決定自己是個「完全同性戀」，一街望到的無非是男人，女人完全進入盲點，可是又怕媽媽因為有太多男人打電話來惹懷疑，所以日常只有Phil與Sam會打電話來找我；女同學自是無任歡迎。

我如精神分裂般，每天在街上看男人，可是每對著家人與同學卻要扮異性戀，一大張周嘉玲半裸照貼在儲物櫃—— 雖然後來知道喜愛周嘉玲是很基的一件事。

生活上亦正式展開了雙面人的身份。表面是個衣著古怪的社工系學生，放學後做著三份補習，很多女同學打電話給我，但我見得最多的人就是 Phil與Sam，一見到他們，就不能停止地談過去幾天，幾小時前見過的男人，有可能的對象：「有一個男tutor（導修課老師）每天九時許都會在canteen（飯堂）碰上，他會對我微笑哩！」「上星期我在HMV認識了一個新朋友，好靚仔，等待熟一點介紹給你認識哩！」「聽說近來九龍公園游泳池開始聚集基佬哩！」……直至斷氣為止。

每次談起同性戀世界的東西，呼吸著那種親切的氣息，才是我「最」快樂的時光，他們變成我生命中唯一的天窗，在那個世界，我鼻敏感有改善，呼吸通暢。

當日說甚麼少去基人集中地，根本就是自欺欺人——找對了路為甚麼還要回頭？

都是因為我的懶惰與怕事，亦對比著Phil與Sam的勤奮與豁出去。

亦可幸認識他們，很多時有朋友聚會，都會邀我同去。

Sam的朋友華洋雜處，畫家作家DJ劇場導演公司主管專業人士，大都較年長，又有見識的，從中我學了很多，見識大有增長，當然也有人喜歡過我，可是我並沒有和他們拍拖——他們都年紀偏大，而且我自覺配不起。

至於Phil，聖誕節後他與Tommy分手後，也很少接觸阿明那班人，於是就更努力建立自己的人際網絡，參加同志組織，四處見識，之後也轉介紹我認識。

Raymond是個六呎高的室內設計師，比我大兩年，是個傳統式長眼鼻高小嘴長方臉粗眉毛的小俊男，梳一個「梅艷芳壞女孩髮型」，很白淨很斯文，小時候身體不好，常吃藥致牙齒變黃，故很少開口笑，只喜愛戴眼鏡的男人。

阿德比較大，廿八歲，皮膚比我還要黑，圓中帶方的豬肝色臉，鼻上有一條很深的傷疤，眼睛似是半睡不醒的樣子，身體很橫很壯，在一間玩具公司中做船務工作，喜歡肥大與眼睛明亮的自己人。重點是，他們看起來都不是那些「一眼同性戀」。

慢慢地，我們四個人走得愈來愈近，每個星期五六晚變了個死約會，不用約都會出來見面，漸漸發展成一個新的小部落。

友誼就是這樣一頓飯，一次卡拉OK中累積建立而來。對著他們，我亦漸漸變得放開起來，甚麼最尷尬的事情都可以拿出來討論。我亦為著第一次屬於一個小部落而高興。

「你們說今天晚上到哪兒去?」一九九六年的復活節首天假期,老媽飛了去澳洲兩個月,照顧我那剛生了孩子的大姐姐,難得有長假期沒人管束,即時就約了大家出來。

我們坐在銅鑼灣Pokka Café,吃完晚飯,喝著凍咖啡提神,盤算著下半晚的活動。

「我聽朋友說,上星期去了那家新開不久的卡拉OK吧,叫『Why Not?』,好像氣氛澎湃,全場爆滿,兼且生機勃勃。」Phil說。

「你又從哪個朋友處聽回來的小道消息?又到漁塘去收消息,你⋯⋯嘩!救命!」Raymond話未說完,Phil就在他身上亂搔,防他亂說話;其實他們也是在Landmark商場眉來眼去而結識的。

「大庭廣眾,煩死了,這樣合襯,不如拍拖好了。」我壓低聲音叫道。

「卡拉OK吧?會不會像『水記』,半夜老闆『水姐』會出來表演汪明荃的〈楊門女將〉助興?」Raymond仍在笑,他只有在見到我們時才會大笑露齒。我亦是,雖然我已不太介意那碩大的犬齒。

「不過,我也聽朋友說起過,好像是不錯的!Clive怎樣?你又要做灰姑娘,十二時回去交人?」阿德問我。

「唔⋯⋯」我在考慮中。

「不要煩,一起去。不然以後不和你玩。」Phil說。

「去，大家一起去。」我說。

怎料一進去就變成一生一世。

那天晚上，我第一次來到「Why Not？」，一間卡拉OK吧，第一晚就玩至凌晨三點，之後似是上了癮般，我們一連玩了三晚。

往後那數年，不論那一個星期六晚，或是大時大節，我總在「Why Not？」度過。

因為那兒好玩？不，起先是覺得奇怪的。一班基佬穿得漂漂亮亮在一間卡拉OK吧，自己點快歌然後全場跳舞，之後這輩子，我從沒有看見過這樣的一個地方，最重要的是那兒的人漂亮；經濟好，有錢買衣服，人也自然漂亮好看。

在「Why Not？」我過了人生中最瘋狂，最不顧一切的日子，正式蛻變成一隻蒲精。

我那蒲癮，從開始時「四朵金花」隆重登場，到後來認識了比人一輩子更多的朋友，這班朋友也包含任何款式任何類型：camp[8]的、濫交的、有學識的、吸毒的、扮裝的、真心的、找真愛的、lesbian、fag-hag、還有lesbian + fag-hag……每個星期不上去一次，就似是生命有所欠缺，活著沒意思。

每星期做兼職似的把金錢奉上，到後來連那兒的侍應，老闆都認得，就似是回到家一樣。──原來要找「最」真摯的友誼，不一定在學校，也可以在夜店。

這輩子第一次對一個地方有歸屬感，竟然是間「卡拉OK吧」。

一班自己談得來的朋友與一家有歸屬感的酒吧，我開始明白「層壓式傳銷」講座中的人的感受，與投入的原因。

因為我們之前都很徬徨，因為我們在絕望中得到了救贖。

當然我的雙面人身份仍繼續著，早上是個大學生，晚上是個蒲精，也有些追求者，經常忙於約會。三份補習加上政府貸款，對一個年輕人來説，已十分富有了。

媽媽亦因為家中的習慣，上了大學就減少管束，對我的出入時間，只要不是太過份，都會有所忍耐。

這可説是我人生中過得最快樂的一年，有錢，對自己同性戀的身份漸漸肯定，來到大學第二年，功課漸上軌道，也找到能談心事的朋友，有一定數量的追求者，這輩子從沒這樣愜意過。

可是問題也是有的，開始夜蒲了一陣子，有些小約會與短期男朋友，可是往往要去到進行最親密行為時，總有點不便。

「星期四晚來我家，我家裡的人都去飲宴。」

「下星期六去澳門旅行如何？」説著用手摸我後腰。

「還是今天晚上到sauna去，我很想！」……

我常聽人說，與家人住又不come out，是很難keep人的。經歷過數次短短的約會，漸漸會感受到，兩個基佬到底沒有很多地方可以去，總不成拍拖又是到「Why Not？」，分手後又是「Why Not？」吧。

要一點兩個人的私人親密關係時，又要花費一千幾百去長州租度假屋，去澳門。還是搬出來自住實際。

於是我暗地裡有一個計劃，一年多後我畢業，雖然不喜歡，但只要找到一份社會工作助理主任的工作，月薪也有萬七元，足夠我給家用，然後搬出去自住。最好是中上環的舊唐樓，把房子打扮成自己喜歡的模樣，門口放一個西人常用的掛衣架，下班回家把大衣掛上去，那就非常完美了。

可是媽媽那一關如何過呢？

但我料不到，所有事，媽媽老早就為我安排好，不用我操心。

「最」愛我的，一直都是她！

8

camp：女人型。

基佬與家人住又不 come out，

keep 人很難嗎？

十多年後我與一位小朋友談起，他說：「難不難是要看那個人有幾本事，與他的家人有多愚蠢。你看我，拍拖時照樣逛街看戲吃飯，要上床去 sauna，乾手淨腳，兩個人還可以不用經常見面，會掛念我多一點，多好！」

我說：「如果對方似我，不願去 sauna，怎辦？」

「可以去開房、天台、屋後樓梯、公園、巴士或者 gym room 浴室，以上各項我全都試過。哈哈！」

我說：「淫娃，淫娃，果然不負『淫賤住家菜』之名，我甘拜下風。但對方如果不願意又如何？」

「那你還跟他一起幹甚麼？而且有一間屋，我最怕去到後尾是他看電影，我在一邊寫 blog，各有各做，零溝通，零交流。眼看手勿動，是種折磨！」

——「淫賤住家菜」，廿八歲，與家人同住，熱愛性交，曾往日本假借讀書之名進修淫技，無性的日子令他感到情緒低落，現有一穩定男友。

3.2

我的快樂生活持續著，走在路上都似是有微風吹送著的初夏，偶爾有點小挫折，也似是路邊跌下來的雞蛋花掉到頭上去，點綴你的生命，令人生更豐盛，生活猶如王菲〈浮躁〉一曲中唱：「一切都好，只缺煩惱」，生活如同看童話書，你以為一切將會愈來愈美好，等待著「Happily Ever After」，永遠幸福快樂地生活下去，浪花打在海邊岩石上，夕陽斜照，點點點點點點。

但就我對命運所知的真相是：夕陽不會來，一來就是深夜。

命運是個drama queen，他喜歡這樣。

香港回歸前夕，四周氣氛都是熱騰騰，火在燒似的熱鬧，一切都是喜氣洋洋：我成績愈來愈好，替人補習，一小時收二百元，在「Why Not？」有很多追求者；王菲推出了《浮躁》大碟後，拖著竇唯的手結婚生子，暫別樂壇，跟著的三年，最受歡迎女歌手給彭羚與鄭秀文瓜分去了；張曼玉憑《甜蜜蜜》第三次拿香港電影金像獎最佳女主角；達明一派重組開了「萬歲萬歲萬萬歲演唱會」；Madonna演出《Evita》（阿根廷別為我哭泣）後因不能提名奧斯卡影后而痛哭……

這是一個好年份，我正是滿肚密圈，計劃一年後大學畢業，如何搬出去獨居，而又不會引至家變。

可是，命運來了。

四月底老媽從澳洲回來，發現患上大腸癌。

五月第一科考試那天，她開刀，發現癌細胞已擴散到肝，又縫起來，我們決

定不讓她知道。

暑假我給分派到一間中產地區的青少年中心實習，開了一個叫「快快樂樂升中學」的小組。

上班對著中心會員，我假裝有愛心；回到家對著老媽，就假裝她身體沒有事。明明見她狀態愈來愈差，也説：「今天精神好多了。」

幸好這一年下來做雙面人訓練有素，縱使老媽的身體變得又黃又瘦，也曉得説：「今天精神好多了。」我要繼續笑得很開懷。

一九九六年，九月，開學前一個星期，身處海外的姐姐都回來了，像拍戲，人一齊，來到床邊，老媽十五分鐘內往生，剛好六十歲。

老媽終於等不到我畢業，那遺憾就似是鄧小平看不到香港回歸。

喪禮完結那天，乘車到旺角中心，在左耳穿了第一個耳窿，紀念她。

第二天回到學校，繼續全場嘩然；我早習慣了，同時，我亦是這個系第一個穿耳窿的男學生。

老媽走了，家裡只剩下我和嫲嫲。

嫲嫲開始哭，每天都哭，情緒崩潰。

年輕時她和媽媽經常吵架，婆媳吵架很正常，兒子逃去無蹤，就只餘下這個

媳婦，兩個人相處了四十年。──這就是命！

媽媽一走，嫲嫲嫌羞人，沒面子；因為將來百年歸老沒有媳婦送終，嫲嫲的認知是她損了陰騭，在鄉下是會給人恥笑的，所以一直躲藏在家不肯見人。

晨運不去，有朋友來探望就哭，記憶力變差，家裡也常犯不見錢，我自是疑兇；後來有一次她誣蔑大姐姐偷了她一個洗臉盆，我才沉冤得雪。

不過，我仍很疼惜嫲嫲。小時老媽要上班，我由她帶大，所以我入幼稚園前是說潮州話的。

可是那千古長傳的哭聲實在擾民，受不了。她又管不了我，我開始愈玩愈夜，不願回家，酒喝得很多，煙也抽得更多。

一九九七年，八月，畢業成績很差，Second Low，兩個月仍未找到長工，只靠補習維持生計，日常工作是見工（面試）。

為了省錢，不得不留在家中，每當嫲嫲一哭，我就跑到健身房去。

暑假尾聲，一天不知怎地嫲嫲突然停止了哭聲，我心情很好，買了一袋她最愛吃的荔枝。

見嫲嫲歪歪斜斜地坐在沙發上，我給她剝殼，向她解說電視劇《大鬧廣昌隆》中小芙蓉與陸運廣的前世姻緣，兩嫲孫把一磅荔枝吃得乾乾淨淨。

可能是荔枝太燥熱，那天晚上，嫲嫲中風入院。

她和老媽不同，每每以為大限到，醫院把我們都召去了，人一齊，她又醒過來，來來回回幾次。

正當我們幾兄弟姐妹商量是否把她接回家，也見過一兩個全職女傭，正決定要聘請，那天晚上，半夜三時，嫲嫲往生了，沒有人在身邊。—— 她一直持家有道，不想我們浪費金錢請女傭。

嫲嫲死時八十七歲，是笑喪，可是我也笑不出，現在每次吃荔枝都會想起她。

她死後，我們處理她的舊東西時，在枕頭底、襪子裡、毛衣夾層……都發現大量現金。

喪事之後那天，回到家，我第一時間把所有屋裡的舊東西，包括牆上的吊櫃和間隔房間的木板拆掉，並更換牆壁顏色，把所有東西移過位置；除了廚房，因為那裡是我媽媽和嫲嫲奮鬥多年的聖地，那地方是屬於她們的。

那時回流香港的大姐姐見我這樣子，十分不高興，她怪我為甚麼要這樣快就動手，吵了一次小架。

半年後，她一家又回澳洲去。那時候我以為她生我氣，因為我絕情，於是又離開香港。直到兩年後，她一家回來度假，才重新一次回到東頭邨，我們家的發祥地。

我和大姐姐，永遠活在兩個對立點。和她雖不及與二姐姐般因為年紀近而親密，但也很敬愛她，可是一見她，我就永遠似是做錯事，講錯對白，十多年後亦是一樣。

茶壺、白色牆、實木衣櫃、塑膠拖鞋是風馬牛不相及，但這分散的東西結合起來就是一個人生與一個家庭；可現在這堆事情中的故事主角都變得不一樣了。

我知道，繼續對著它們下去，我會發狂。

因為在晚上，開始聽到廚房傳來怪聲。

裝修完成，又來到旺角中心，穿了第二個耳窿；與之前的那一個並排著，無分大小。

那天下午，我收到電話，新界一個新發展區的外展隊⁹收我，沒有主任級，做低一級的職位社工助理職位，薪水差三千；但由於我畢業成績差，又不是名牌大學，立即答應上班。

基本上我很滿意新工作，上手很快，每天在屋邨商場、球場、遊戲機中心流連，結識不同的問題青少年，回公司寫報告都是一個人行事。

每天晚上，回到家，不能睡，到旺角買些翻版日劇VCD：《長假》、《戀愛世紀》、《新聞女郎》、《美味關係》都是當時最流行的，我就在日劇的幻影中沉睡過去。

9

外展隊：在街上工作的隊伍。

可是那聲音仍在，夢中也偶爾聽到廚房有聲音，碗碟碰撞聲，水聲，放錯位置的東西會自動歸位，可能是我有夢遊病，亦可能是她們回來了；我情願相信後者，這樣我才能有希望。

三年後，神婆Catherine有一次來我家過夜，第二天跟我說：「昨晚睡得很差，你嫲嫲一整晚笑眯眯地看著我。」我笑說要娶她入門。

終於如願以償，一個人住了，只是沒想到這樣開始。

每到星期五、六，我仍繼續去蒲，愈蒲愈夜，酒喝得更多，一天抽兩包煙，甚至玩通宵，第二天去上班，除了「Why Not？」，也有新開的「Lab」，也會到中環，舊「PP」、「Zip」來回遊走。

Phil他們沒有空，我也會一個人出動。

雖然他們都很擔心我，但是沒有人有義務要令我快樂，只有自己才有義務令自己快樂。

由一個小文員變成一個社工，算是個專業人士，人工高，福利好，我應該快樂的——這不是我一向追求的嗎？

可是，一個人生活⋯⋯原來我仍未準備好。

自住後第一個星期六，當時的男朋友在我家過夜，做愛後，抱著睡在床上，那天晚上聽不到廚房有聲音，睡得很香甜。

數星期後，分手了，我開始把其他男人帶回家，總之一有外人在，就聽不見那怪聲。本來剛開始時是想著要拍拖的，但往往在一兩次約會後；其實大多數是上床後；不管是他對我，或是我對他，都突然沒有了愛的感覺，於是就突然不再見面了。

男朋友們排著隊說：「我對你沒有感覺了。」

我說：「噢。」

自從嫲嫲的喪禮後，我就沒有哭過──根本再沒有事值得我哭。

男人說分手，當然不是一回事。

我從沒有為分手哭過，因為我根本沒有愛上過那些男人，他們一走，我只是擔心晚上應要如何過。

不怕，經過實證，在銅鑼灣要找泊車位與好男人一樣難，但要找一個人陪睡並不難──我們都這樣寂寞──可以上床的男人佈滿一整個銅鑼灣與中環。

最重要的，只要不是一個人睡。

雖然我口口聲聲說要拍拖，要戀愛，也有男人是真心喜歡我的，可是我總不能投入其中，因為暗中我已開展了我的「新戀愛世紀」。

日間上班時，我滿口仁義道德，勸導問題青年不要濫交，努力上學，晚上就用「拍拖」來作掩飾，遇見男人，還沒有問他是否愛我前就先問：「不管你

家還是我家，你能過夜嗎？」。

外出時，也會隨身自備「One Night Stand Kit（一夜情裝備包）」；我喜歡乾淨內褲，牙刷與隱形眼睛盒——要是周間在別人家過夜，還必須準備替換衣服，以免第二天穿同一件衣服上班，惹同事懷疑——當然還有聖物安全套。

我在日間與夜間累積不少相人的經驗，對我的工作大有幫助。

日間，在街上一看就知哪個青少年出問題，在晚上，已不用《完全一夜情手冊》，只看一眼，就能分出哪個可以ONS（One Night Stand，一夜情），哪個不可以；只要看看他們帶著慾望的眼睛；我開始變得只會看人的外表，忽略了內心。

我開始知道寂寞。

之前計劃要搬出去自住，從來沒有考慮過我能否一個人。

另一項驚人的發現就是：原來一個人住，只是有利於性交，並非愛情。

一九九七年楊千嬅有一首歌叫〈再見二丁目〉，在收音機第一次聽，她這樣唱：「原來過得很快樂／只我一人未發覺／如能忘掉渴望／歲月長／衣裳薄／無論於甚麼角落／不假設你或會在旁／我也可暢遊異國放心吃喝」

我嚇呆了，第二天連忙到「信和中心」買了CD回去，在家連續播了兩個星期 —— 一首歌播了兩個星期。

工作了一年，開始有點積蓄，我和最好的TB（Tom Boy）朋友凱西去台北旅行，在誠品書店，買了《Peggy教你占星》與一本塔羅牌入門。

之後一年我又認識了Catherine，我開始不信自己，信命，迷上研究星座、塔羅牌。

惶惶不安中，不知不覺獨居了一年多。

我一個人下班，一個人交租，一個人回家，一個人開燈，一個人做飯，一個人吃飯。

所以，我不要一個人睡。

到了這一年我才明白，原來那是真的，我一直只有自己，我一直只有自己，我一直只有自己……

不，我終於只有自己。

是，我終於只剩下自己。

就因為只剩下我自己，所以我做事就愈來愈只求自己開心，後果最壞是個死的話，怕甚麼。

於是我去得愈來愈遠愈來愈遠愈來愈遠，遠至連我自己也不知跑到哪裡去了。

我是從甚麼時候變成這樣子的？

3.3

「不用擔心，小問題。不過你現在只是把陰毛刮掉，可是蟲卵仍在。你待會出去拿藥水塗，一星期之後回來覆診。」醫生笑著，似是說這平常得很，我卻是憂心忡忡的。

對！

這是一連串濫交後的必然結果。

幸好是最好的壞結果：「不用擔心，檢查過沒有其他問題。只是陰蝨，很容易根治……不，只要把衣物清洗，確保沒有蟲卵，就沒有問題。」

可能是我的樣子太憂愁，醫生每句話前都補上一句「不用擔心。」

回到家，仍是不放心，用滴露擦乾淨每一處地方，又把床單內褲都一次過拋棄掉，害怕得連床褲也想換掉…想想，仍覺得不妥當，到超級市場買了兩個噴霧式殺蝨器，殺殺殺殺殺……

一九九八年十月的陽光特別猛烈，坐在露台邊，殺蝨水的氣味瀰漫著，加上啟德明渠的臭味與蚊蟲在家中亂竄，我狠得一隻隻拍死，一字排在書桌的白紙巾上。

竟然染上性病？

腦中掠過性教育講座中那張放大了幾百陪的陰蝨圖片，那六隻小腳，一想起就打個冷顫。

這個病，一個多星期就已經解決掉，可是令我反思的是，到底我一直認識著甚麼人，會把這個病傳染給我，會是Peter？Martin？⋯⋯無從稽考！

我不敢告訴任何人。

那天晚上洗澡，看著自己清潔乾淨，沒有毛髮的下體，回想過了一年多亂交男友的日子，空虛感覺刪不去，得到的只有更寂寞⋯⋯和陰蝨。

我是甚麼時候開始變成這樣子的？

剛開始的時候，我要的是愛，一個永遠愛我的人。

為甚麼會變成這樣子？

從何時開始，我愈走愈遠了？

是時候要停下來，回到原來，正正經經找一份正常的戀愛關係。

可是拍拖⋯⋯我從浴室鏡子中看見自己，二十五歲，已是一副頹顏，本來還算是精巧的眼睛，圍著黑眼圈，滿佈紅根，臉上毛孔粗大，比起《火玫瑰》中溫碧霞逃難時的樣子更殘花敗柳，又染上了性病，這樣骯髒，還能戀愛嗎？

這一年馳騁於夜場得來的自信心，一下子就崩潰了。腦裡跑出一個念頭，原來在夜店人家結識我，是因為我easy。我赤裸裸地跑到廚房，把兩支鐵匙放進冰庫，以便每天早上用來敷眼袋；之後換衣服跑去尖沙咀，買了一大堆「抗衰老」護膚品，一大堆新衫，一大堆健康食品；我又彷彿回到廿一歲，

初次和阿明一班人外出時的欠缺自信心。

那天晚上睡覺，我夢見一堆陰蝨在我新買的Levis 3D CUT牛仔褲上面爬行……我給嚇得驚醒，跑到洗手間嘔吐，惡夢！惡夢！

於是，我就更加肯定要找一個固定的男朋友。

可是都説同志找長久感情的困難程度，猶如星期六在銅鑼灣找泊車位，去哪兒找？

在夜店拋媚眼我在行，但現在我是「Uneasy Clive」，不要一夜情，即時減低了收視率。雖説仍有一大班朋友陪伴，但我寂寞煩躁只有與日俱增。

難道，做周嘉玲就是我的宿命？

一個月後，我和凱西從台灣回來，開始埋首研究星座與塔羅牌。每天晚上為自己開一張牌，不是「倒塔」就是「問吊」，從來沒有出現過愛人牌。討厭！

新千禧年快來臨，手提電話雖然已降至千多元就有交易，可是仍要一元一分鐘，所以大多數人；包括我，仍是傳呼機與手提電話交替使用。而取代手提電話成為最流行科技產品的，就是電腦，此外，千禧蟲與上網變成最新最流行的課題，加上四色iMac似一個炸彈般投入市場，電腦的普及程度有如家中有一部洗衣機。我身邊的每個朋友都突然流行起玩ICQ與上「聊天室」來。

身為青少年工作者的我，自然要走在潮流的尖端。

Phil這幾個月突然變得積極起來，之前的會計工作一直沒有大發展，這時又轉去上了一些電腦課程，想轉行做電腦科技的工作，再加上他與一個西班牙籍男友發展順利，所以比較少見他。

可是我一打電話告訴他說我要買電腦，就自告奮勇陪我到有香港秋葉原之稱的深水埗高登商場選購。還教我如何上網，申請Hotmail與ICQ帳戶，重點是上www.gayhk.com，隨時留意各界消息。

那天晚上他在我家待至凌晨二時才全部安裝妥當，永遠記得那個56K Modem第一次連線時那「滋～滋～調～調～調～滋～～」的聲音。

科技果真是一日千里，到這刻我才知道自己的落後與無知──還有在夜店近半年突然冒出一班「騎呢」攣人**10**的原產地。

我是個科技白癡，能把家裡所有的電視機、錄影機、VCD機與音響系統的線接駁得正確，已是我在科技世界成就的巔峰。

電腦？我在大學交功課，現在寫報告也是用人手的，怎麼用？

10

「騎呢」攣人：古怪，奇特，比如在台灣，經常說人矮的主持天后「麗晶」女士，也就可以叫騎呢了！「攣」就是同性戀的俗稱。

真不得不推崇賀爾蒙的力量。

記得有一套本土同志舞台劇，曾有這樣的一段戲：大概説香港男同志流行到中灣找對象，可是不是正常的那個中灣，而是前往中灣的路再往前走一點點，隱藏石欄杆後有一段小石級，在那兒游繩下降再加上攀石就能去到那個隱世沙灘──聽聞那兒有人裸曬哩！

於是劇情就説平常十指不沾陽春水，走一條街要坐計程車，對汗水會敏感的男主角，一聽聞那兒有男人，於是不顧身世，身上穿著西裝皮鞋，就突然懂得攀石游繩十項全能，只為了去隱世沙灘找男人。

隱世沙灘我沒去過，但我很快就學懂運作ICQ，上www.gayhk.com，電腦網絡上面竟有這許多沒有見過面的男人。

之後，每天回家，第一件事就是開電腦上www.gayhk.com，看看今天有甚麼新題材，可是我從不敢在上面留言；不懂得為甚麼，我怕會有人認得我。

經過數星期的觀察，我開始上聊天室，我的名字是：「25 single」。

每晚大概有一兩個人會和我傾談；有一天我試用「25 gym fit n home alone」，收視率竟激增，我已開始掌握在聊天室增加收視率的方法。

我不想令人覺得我太過「饑渴」，而失了身份，我現在是「Uneasy Clive」，故在聊天室的藝名是「25 single iso friend」。數天後，就在聊天室上認識了一位「22 student GAM」，是位法律系學生。頗有趣的一個年輕人，和他談了一個晚上。可是他就是有點嫌聊天室不方便，就建議我安裝

mIRC，參加他們的那個組群。

mIRC？

連中文輸入法仍未懂得，怎知道甚麼是mIRC？

世上無難事，只要有賀爾蒙！

「22 student GAM」在聊天室一邊教，我一邊跟著做。總之不知怎樣，上那個網下載了一些東西，然後啟動了一些軟件，又按了一些「確定」鍵，再輸入一些字，揀定了聊天室的名字，打上自己的nickname，「砰」一聲，視窗打開一個白色的小方格，右邊彈出了一堆人名，然後迅速地出現了一些字句：

joe：Welcome！

catcat：welcome :-) new friend

Baby G：hi hi

Fred：u r mickey's friend？

Kenji：who is he？

……

我嘗試回應。

C.H.：Hello.who is mickey？

嘩！我一按ENTER，我打的字真的會在白色小方格上出現，所有人都看得見哩！

這時「22 student GAM」在聊天室那邊寫：I'm mickey in mIRC.

就這樣，我突然又多了一班朋友，亦開始沉迷在這個網絡世界裡。

經過一個多星期的觀察，這班網上朋友似乎都互相認識了一段日子，他們之間的話題不絕，但奇怪的是他們喜歡用簡寫，也愛打密碼；我似突然闖進了人家的後花園，看著要好一段時間才能了解裡面的佈局。

看著文字上的來來去去，我覺得又是另一種有趣的經歷。

奇怪的是他們似乎都不太外出去蒲，不似我是個蒲精，大概家裡都看得緊，而對於感情都似乎很認真，有些都已經有男朋友。

當然，他們也是對我有興趣的。可是不知怎樣，我總是很小心，多談一些小事情，不談自己的工作。

幾個星期之後，他們有一個聚會在中環「PP Disco」，Mickey叫我一起去。

「PP」我當然不是第一次去，但去見一班幾乎每晚都見面，談話，但從未見過的人，結果會是怎樣？中學時我連筆友都沒有見面，也不寄相片，因為那時我又胖又醜呀，我沒有這方面的經驗──要在胸口插一朵玫瑰花做記號嗎？

一九九八年，時裝界不知怎地又吹起七十年代風與我們稱作gay man fasion的窄身衣來。

所有衣服，只要是最流行的，定必要貼身……不對，是超窄身，入膊[11]，上身到褲管亦然，因為擠，故所有的肉都往外濺；一個人的身材有多少斤兩，一目了然。

約見面那天，下班後回家小睡了一回，敷了水份面膜，頭髮給剃得亂七八糟，可又亂中有序，穿了新近又再次流行的小喇叭牛仔褲，上身一件貼身中袖Edwin 2nd hand T恤，紅色Adidas Gazelle，左手戴了一只G-shock，右手一隻「關懷愛滋」出品的銀手鐲，還噴了點Eternity…鏡前，也還是個青春少艾——最好還是逗留在Disco的陰暗環境下。

在雲咸街時期的「PP」似是巴黎鐵塔，同志蒲精很難沒去過——因為只此一家。

進門先有一個神龕似的收銀處與衣帽間，馳名的「中環鋼門白頭佬」一直緊守崗位，連劉嘉玲進去也要收錢是個經典場面。左邊是分叉迂迴曲折的通道，通往中心的大舞池，彎曲的通道兩旁都是鏡，任何人的目光都逃不過去，而每每來到轉折位置，都會暗藏一個光線不至的

11

入膊：raglan sleeve，時裝的 CUTTING 術語，屬於時裝界的自然會懂！手臂不夠粗壯的男士，可穿入膊衫來增加視覺上的份量！

145

死角，經常會有兩個人躲在裡面接吻、擁抱；右邊是一條路，出入口都窄，似個魚眼，只有中間闊，因為這是到酒吧區與洗手間的要塞，各路人馬站在這兒看人，我們叫作「怨婦街」。

為了節省那八十元入場費，我在十時半前進場；這時間後進去，要收八十元只包一個drink哩；先在手背打個手印，然後又約了Sam在旁邊的「Zip」── 一間專門釣外國人的吧見面。

Sam一見我來，就把那些外國朋友甩開：「波波，想死我了……嘩！穿得那樣漂亮。」過去半年他一直都忙於舞台劇的上演，已很難見得到他了。

「好緊張，第一次見網友。」我說著，把Sub-Zero（啤酒名）瓶口那片青檸擠到玻璃瓶裡去。

他打了我的頭一下：「唉！之前要你學用電郵，就死不肯學。現在為了男人，就連電腦都買了，果然是我不夠cast（陣容，份量），心淡！」

我抱著了他：「不要，不要！」

「別煩……你幾時變得這樣潮，上網結交朋友了？」他問。

「試試。我想……好久沒有拍拖了。之前的，都是短期興趣課程。真是蒲精無真愛。近來常聽人說上網是個大market，就跑上去試試看。你知道玩了這幾年，在夜店見到來來去去都是那些人，OK的，早就OK了，不OK的，看著刺眼刺鼻。既然這樣，倒不如轉轉marketing plan看。」我說。

「Marketing plan？你把自己變成件貨品了？」

我們本來在酒吧前面喝酒的，我著Sam轉身面向群眾，兩個人並排，這時剛好一個廿多近三十幾四十歲的外國人從我們身邊走過（其實，除非有很大的差別，比如Keanu Reeves與Jack Nicholson，否則，我是一直不懂得分辨外籍人士的樣子與年齡的），我拋了一個媚眼，再來一個笑不露犬齒，那人也對著我們笑，彷彿停了下來。

我又拉Sam轉回來：「不是貨是甚麼？」

「你很mean，很憤世嫉俗呀！這樣子，我走得不放心。」Sam說。

「走？又到哪兒去表演去？」

「這次不是，走兩年，Sydney有間大學收我讀碩士，一月出發。」

要是我廿一歲，我會很傷心，但經歷了這兩三年：「澳洲是洋人地區，你愛洋鬼子，又可以讀書，你那個劇團壓力又大，加上中學時的demand（需求）與supply（供應）理論，去！兩年後我還完所有政府貸款，你也是時間回來，到時我去澳洲找你旅行，一起去Oxford Street。」想了想，我再說：「我只接機，不送機。」

Sam突然睜開眼睛，認真地看著我：「你……是我錯過了甚麼東西？」

「錯過？你想說甚麼？」

「見你已是大個仔，我走得很安樂。」

「怎樣了老媽？亂說話。我……你看，今天我照鏡子，覺得自己老了。」

「是成熟了。你要對自己有信心，還有不要看那麼多《Ally Mcbeal（艾莉的異想世界）》，你快變成她那樣picky了。」

「我又怎樣picky了？」我有點滿不在乎的，灌了好一大口Sub-Zero。

他一手指著我的臉，深吸了一口氣：「你每個男朋友我都幾乎見過。那些山精樹妖不計，有幾個其實還不錯，頗純品，也很愛你的，見你一個人住，煲湯送上門，對你好得沒話說，你也不要，到底你嫌棄人家甚麼？」

「是嗎？」聽Sam這樣說，我竟有點不自在起來。但對著他，很難不老實的：「沒有，只是沒有feel了，或者是未開始時覺得他們很好，但往往在一起時，就覺得貨不對辦，對方走一步路也似是出問題。」

「神經病，以為是八十年代電視劇──沒有feel？你老不老土？你不覺得這一年多，你看東西好像那些雜誌狗仔隊，專挑人家身上不好的地方來看？」

「你說我是變得憤世嫉俗？」

Sam點了點頭：「是呀。我認識的Clive 94與Clive 98不同了，重點是變差了，你這樣子，我很擔心。下次拍拖，還是先想清楚，不要急，別永遠在夜晚認識，第二天就約出來上床，宣佈拍拖，一個月後分手。這樣子你根本連人家是甚麼樣子也未看清楚，就分手了，這樣子好嗎？我問你，你去年聖誕

節帶出來那個小朋友Martin，中文名叫甚麼？」

我腦袋不停地轉呀轉，中文名？中文名？老實説，我連Martin的樣子也要花好一陣子才想起來。到底他是怎樣的？我們怎樣開始，又怎樣結束？

「別花心機，你根本就不記得。」

我終於認輸了：「是，你説得對，可是有甚麼辦法？」

「你清楚自己要一個怎樣的男人嗎？」

我想了想：「成熟，穩定，健康，能包容我的脾氣，愛我。」

「好！但這類乖男人多數是悶的……也不可以説是悶，而是他未必能明白你現在的生活方式。」Sam抱著我繼續説：「不過，如果你覺得這是好的，也可以試試看。可是，你現在連自己想怎樣也未弄清楚，又怎會找到對象？人有時要清楚自己要些甚麼的。就似是我，要去外地，兩年後就會回來，所以也只找找暫時性的伴侶，好讓我能感受到愛。」

説到這兒，我白了他一眼，意思是：「你是目不見睫[12]。」

他笑起來：「你不是説我們是件貨嗎？自然要有marketing plan。哈！不要怪我現實。」

「你這算是報那八國聯軍進京的恥辱嗎？」我説著，他在我手臂上作狀要咬一口。

我和他又談了些近日發生的事情，我很享受和Sam相處的每一個時刻，他對我總是包容的。

電話響起來，是Mickey，原來他已到了「PP」，我和Sam抱了一下，在他嘴巴上點了一下。當我用力推開「Zip」那度巨大的門時，回頭望他，他已回到他的朋友身邊，對我做了一個「Good Luck！」的口型，我笑著離開。

Sam不在身邊，彷彿身邊少了塊肉，不是豬腩肉，而是胸前的肌肉。幾個月後，他走那天晚上，只與他和一班朋友在中環吃晚飯，之後他自己去機場快線列車站，如像平常見面後在中環分手。──我已經不能再忍受分離。

12

目不見睫：成語，指一個人是看不見自己的眼睫毛的。解作「一個人很難看得到自己的缺點」。

●

你覺得結交男人的機會，

能刺激你的賀爾蒙分泌，增加你的動力嗎？

「賀爾蒙？我不肯定我的賀爾蒙有分泌過，但基本上我是個很保守的人。就算你跟我說有個地方有很多壯男裸泳，供我免費觀賞，可是卻要走一個半小時的路程，我也會想：裸泳？那不是夏天嗎？走一個半小時的路會很熱，所以我還是不去了。」

「真的？一次也沒有試過？」我說。

「或者有一次，那時有個韓國仔，似乎有點機會，我也蠻喜歡他的。一次他我去一個private party……」

我即時插嘴問：「Orgy party？嘩！」

「不是，turn out（最後發現）原來是個要吃藥的派對。我絕對不能夠接受我男朋友嗑藥。結果，我還是進去了，看見他把藥放到口裡，當時只覺得好驚訝，想不到他是這樣的人。」

「於是你走了？」

「不是呀，和他一起談話談到天亮，因為一見人家嗑藥就離開，好像很沒禮貌似的……雖然我知道，一離開這裡，我就永不會再找他。可是有時我也會想，我這個人是good boy，但卻很多人誤會我不是。」

「可是，在同志世界裡，Good is not good！—— 壞男人才多人愛呀！」

—— 大 S，三十七歲，市場經理。過去兩年一直糾纏於前任雙性戀戀人的關係中，因為人家
要他做狐狸精。誰人要找好男人，給我送一封 e-mail。

3.4

約一個談得來的網友見面，你會有甚麼期望？

我與Mickey談著電話，沿著「PP」那條曲折的樓梯往上爬，心裡的確有點擔心，也有點期待，Mickey這個小朋友是甚麼樣子？他説自己有五呎九吋，有點壯，可是到底樣子是可愛的，精明的，聰明的還是有性格的？未來律師，會否似電視劇《壹號皇庭》[13]那些主角般高大有型，嗜好高尚？還是似《Ally Mcbeal》劇集中那所律師樓般，全都是怪人？

不要緊，周嘉玲也是香港大學法律系畢業的，有質素保證。

打開門，「中環鋼門」檢查過手背的印章，我直往「怨婦街」走，眼睛往四周橫掃，奇怪，怎麼沒有一個五呎九吋有點壯的男性？

這時，有人向我招了一下手，我一看，是他。

Mickey的確有五呎九吋，可是壯，就真是見仁見智；按比例，只有五呎四。他臉色青白，帶一副金色幼邊眼鏡，一張臉與身，基本上用十個圓圈就可以完成構圖⋯⋯嘩！失望！失望的重點是那放在牛仔褲中的短袖恤衫與那對「黏貼（魔鬼沾）涼鞋」，失望，徹底失望！

要轉身扮「25 single」不是我嗎？

討厭，為甚麼我剛才要反射性的作回應。

我先來個自我安慰，做人不能以貌取人，可能他似是在ICQ中那樣風趣幽默哩！

Mickey走過來了，竟有點鬼鬼祟祟，似一團白色的幽靈——白色的肥大幽靈。

我馬上做一個從Ally Mcbeal處學來的Therapy Smile[14]，笑起來似麻將的「四萬」牌，但卻帶點僵硬：「是你呀……Mickey，Hi！」

「你……你好。我平……平常不叫Mickey，叫Stephen。」聲音細小，楚楚可憐，在Disco的高壓音樂中，我完全聽不到他說甚麼。

「甚麼名，我聽不清楚。」

「S……S‧T‧E‧P‧H‧E‧N，Stephen。」他竟然把名字串給我聽。

「好！Hi！……」平常人家叫我「世界仔」，即是甚麼也能談上好一陣子，可是對著「S‧T‧E‧P‧H‧E‧N」，可能是與網上的妙語連珠相差太遠，我搭不上半句嘴：「你……HI！」

又停了半晌，我有點心不在焉地東張西望：「他真的是那個Mickey？還是我搞錯了？」於是我又問：「你是Mickey？」

13

《壹號皇庭》：九十年代很受歡迎，以一群律師的生活為主的香港電視劇。

14

Therapy Smile：微笑治療法。即看見甚麼不開心的人或事，就很假地笑起來。

可能對這問題很敏感，他很快地回應：「不要那樣大聲，」眼睛四處張望，似有人把他認得似的：「那是網名，平常我叫S．T．E⋯⋯」

我怕他再次串起來，馬上中斷他的話説：「我知，Stephen。你要喝酒嗎？」我看著他的眼睛，顯然很緊張；他看著我，一副不大相信的樣子：「你要喝酒嗎？我請你。」我再問。

「我不喝⋯⋯酒的！」

「Ok，那可樂？」我説罷，他似乎點了點頭，好！走人！回去「Zip」找Sam。

當我正想走開，心裡盤算著如何喝一杯後脫身時，他一隻手拉著我的衣服：「我的朋友在⋯⋯在梳化那邊，你⋯⋯」

我心想：「還有朋友？不是吧！」

口裡仍繼續Therapy Smile笑著説：「好，我去找你們。」

當我來到吧檯買酒時，碰到一個「say hello friend」，大家談了兩句，這時我又擔心起來：「剛才不會給其他人看見吧？如果有，真是一世英名付於流水了。」

我抱著戰戰兢兢的心情，拿著兩杯飲料來到沙發檯，我一眼就認出他們——穿錯衣服的基佬。

我甫坐下，「Ｓ・Ｔ・Ｅ・Ｐ・Ｈ・Ｅ・Ｎ」來到朋友身邊，似乎也變得信心大增起來，把朋友一一介紹，原來大部份也都在mIRC上見過的，來了一個配對遊戲：

Joe = Joe

Catcat = 阿貓 = 貓貓

Baby G = Gilbert

Fred = 小劉

Kenji = Harrot……

而我是C.H. = Clive。

還好，這班人外表雖不夠「平凡」，但至少也能交談，不是只會在電腦上談話，一見真人就啞口無言。

我也是有教養的人，於是繼續坐下來，有點應酬式的談了好一陣子「真的嗎？……哈哈哈！」、「那真有趣……哈哈哈！」

期間不停地大口喝酒，企圖快點喝完，快點離開，快點回去找Sam，重回我那美好的晚上去。

過了好一陣子，一支Sub-Zero喝完，我正想告辭，這時來了一個人。

阿貓向他招手：「喂！Kelvin來這邊。」

Kelvin？

我心頭一震。

但到底是XXX ＝ Kelvin，還是Kelvin ＝ XXX？── 一個人有幾個名字當真麻煩。

我抬起頭，看見他。他也高，足六呎，一眼就看得出瘦，但骨架四正，穿西裝也能撐得起來。臉很白，在黑暗中也看得出眉目清朗，高直鼻樑與薄嘴唇，頭髮也柔順地躺在他的三角臉上，頭髮邊圍著一道光環，那光環一直伸展出去，他身邊也似圍著一層白光。

其實他並不怎樣的「很俊俏」，這種穿西裝的眉清目秀，一整個中環都是，可是他整套動作，打招呼，坐下來，和眾人傾談，合起來就變得很吸引，身處在一班無聊人群中，我竟看得呆了。

Kelvin坐在我與阿貓中間，我禮貌地伸出手：「你好，我是Clive。」

他伸出手和我相握，不止人，他連手指也是纖長素白，一隻彈鋼琴的手，雖有點冷冰，但也屬剛中帶柔：「你好，我是Kelvin。」

「Kelvin？是網名還是真名？在mIRC上見過嗎？」我笑著說。

「你網名是甚麼？」

「C.H.」

「沒有，我這陣子公司很忙，很少上chat room了。」

阿貓搭訕說：「又忙？別人總是有空，只有你一個人忙。」

「沒法子呀，金融風暴炒了很多人，整個account department一個人當三個用。不然我也不用等到這個時候才有空來到吧。」Kelvin說罷，向等待的staff點了杯可樂。

「是嗎？你做會計的？」我反搭訕。

「是呀。你做那個行業的？」他看著我說。

這是我們第一次對望，他的眼睛很漂亮，皮膚好，雙眼皮，長睫毛，眼珠很大，似個黑洞般把人吸進去。

突然，我嗅到一陣奇怪的氣味，這氣味有點熟悉，卻記不起在那兒嗅過的，是香水、食物，還是衣物柔軟精的味道？

「我是社工。」

「是嗎？我那時也想讀社工系，可是怕自己沒有耐性，才繼續讀會計。你的工作好有意義。」他說起話來，嘴唇是慢慢地翹起，現出整齊的白牙齒。

「是嗎？我還是做不良青少年的工作的。」見他喜歡，自然要多下注碼。

經過在夜店蒲了幾年，《完全一夜情手冊》我背得滾瓜爛熟。認識一個人，往往從他的說話及肢體語言，就能基本地了解他是可以還是不可以。

我和 Kelvin不自覺攀談起來，慢慢更把其他人撇開，Stephen早離開了，之後我再沒有見過他──鬼魂是不容易碰見的！

Kelvin那一片白，漸漸將我包圍，把外面的世界給隔開。

我們由工作談起，後來到上網的經驗，適當地運用自嘲笑容加強氣氛。

雖說我有過很多在夜店釣人的經驗，可是Kelvin不似那些人，說不到兩句，就自動把手腳往你身上招呼。我們談至半夜三時，談了很多，笑了很多，但手仍是很規矩地放在大腿上。離開時，我竟不知如何問他要電話號碼── 因為若是一般情況，早已拖著手走了。

「對了，你有⋯⋯你不是說想做義工？我想不如你⋯⋯」我有點吞吞吐吐起來。

「我給你ICQ號碼。」

⋯⋯ICQ號碼？

「喂，交換電話號碼已過時了嗎？」我用頸項夾著電話聽筒和Arthur說，他打電話來約我一起出去喝酒。

「我只知道現在流行update info.[15]，新認識那班小朋友，不停在ICQ上

160

update info.，可是來來去去都是抄寫不同的歌詞上去。問我這個幹麼？」Arthur問我。

一九九六年我認識Arthur，他跟我一個當時的朋友家明拍拖，有時會一起出來看電影，吃頓飯之類，多是聽他們說話；因為怕，他們一班人可真夠風騷，在大街大巷招搖過市，唯恐人家不知他們是同志。

可後來 Arthur似乎因為一個第三者與家明的關係搞得有點不清不楚，還在讀書的我仍有點天真，竟打電話去罵人。

拿起電話劈頭第一句就是：「你到底想怎樣？」

都說兩個人的事，第三者是不能給意見的。

後來家明這賤貨又與他和好了，我氣到不得了，決定和他絕交，於是和Arthur就沒有再聯絡，沒想過仍有機會和他成為閨中密友。

直至前陣子從台灣回來後，在朋友的house warming party中又見到他，我竟能一眼認出他—— 這是很少發生的事情，有時我連自己client的名字也記不清楚。

15

update info.：經歷過 icq 的人都懂，就是「更新狀態」！

Arthur坐在單人沙發上，左手煙右手酒，身半倚在沙發的右邊，腰身以下卻轉向左，雙腿盤交著，活脫就是《Basic Instinct》（第六感追緝令）中Sharon Stone在拷問室的境況，樣子有點疲憊。

我從沒有想過一向看似精力無窮的他，會有這個樣子。

由於那天的活動太過無聊，酒又不多，抽煙的人也不多，我們兩個偷偷走到露台去抽煙，談話，竟有點相逢恨晚的感覺—— 我心目中的 Arthur，一直是家明告訴我的，我從沒有親自去了解過他。

自此，我們開始聯絡。

我清楚記得，他第一次約我出來，是個萬聖節派對，這輩子從沒有去過。「化妝舞會」只會在電視劇與漫畫中發生，可那天來到的朋友，全都很認真地化妝，搞造型。或許是我變了，不似Clive 96版本的害羞、內斂和不知所措。

現在，我正學著如何豁出去。

「你好先進，竟跑到網上去結交男人⋯⋯也不通知我有這條好路數。」

「別煩。那現在怎麼辦？等了兩天，沒錯，他是accept了我add他，但可是卻永遠碰不到他上網。」

「沒有甚麼辦法，唯有等。怎樣，那個男人很好的嗎？」Arthur說。

「不能説是很好，但我從沒見過這種男人。你知道我以前多在夜店認識男友，多少會有點『蒲氣』，但他沒有，與環境隔絕似的。」

「你在看《神雕俠侶》？你説的話都是用來形容小龍女的。」

「不是。而是很健康，很乖……」我説到這兒，Arthur即時插嘴罵道：「去酒吧食煙飲酒好壞嗎？」

「不！不！這是個比喻，OK？總之是我從沒有和這樣的男人一起過。每説一句話，彷彿都會嚇怕他似的。對了，還有聽説他好像從沒有拍過拖。」我點起一支煙，走到露台上去。

「你説他是小鹿斑比。處男我沒有興趣，他們總有太多的不正確期望，祝你好運。可是不管如何，你和他一天不能在網上碰見，就永遠沒有機會了。我不和你説了，要出門了。今天是星期五，你確定不出來了？」

掛了線，坐在沙發上看新買的《庶務二課》VCD，同時又把電腦喇叭的音量調到最大，等他上線。

當我看完第三集，已覺得有點頭昏腦脹，看看鐘，已是十二時許，正打算刷牙洗臉，上床睡覺，電腦喇叭卻傳出了「呀噢」的叫聲。我咬著牙刷來到電腦旁邊，是Kelvin叫我。

Kelvin：Hello！

Clive：Hi！Meet u in ICQ finally

163

Kelvin：Yes, U need not to work tomorrow？

Clive：I have to. But don't feel sleepy at all

Kelvin：I just back from work

Clive：Your work load is very heavy

Kelvin：Yes, luckily just 5 days work :-)

Kelvin：It is Friday night. U don't go out with your friends?

Clive：Well, I seldom go out. Just stay at home watching VCD

Kelvin：VCD? What is that? ...

就是這樣子，我們開始了第一次的網上談話。那天晚上我們談至三時許，第二天起不了床，索性請病假。

之後，第二天，第三天，第四天，每天晚上我們都有默契似的，大概十時，都會在網上見面。月尾收到電訊公司的帳單，那個pNet費用，多得嚇死人。

就似所有的愛情發生時，大家都拚了命地交待自己過去的一切──最好的過去。

Kelvin比我大兩年，二十七歲，巨蟹座，與家人同住在健康邨，父母健在，

也有一個妹妹，一個弟弟，三個人都是讀會計。Come out不是很久，從網上開始，認識了一班朋友——就是那天在「PP」見到的那一班——但至今仍未拍過拖。

Clive：R U picky?

Kelvin：No, just can't meet the right guy :-(

比起他，我的經歷是複雜了一點，每當我提及家裡的情況，或是一個人生活的慘況，他都會送我一朵玫瑰花：@-8-----。

雖然我的經歷比他多一點，但是以前在夜店都是一見即合，馬上就戀愛起來。

這樣一個星期仍未有下文的持久戰，可說是前所未見，令我心如鹿撞。

我開始發現，其實我是不懂拍拖的。

這樣拖拉令我覺得心癢難耐，愈來愈想念他，可是又不敢強迫他，怕把「小鹿斑比」給嚇跑了。

這段日子，天氣開始變得愈來愈冷，手腳經常覺得冰冷至無法入睡。我自小身體孱弱，以前來到冬天，媽媽都會煮一些補品，喝了下去，睡覺也手腳溫暖。後來沒有補品，就有男人，於是我又漸漸地記掛起抱著一個人睡覺的溫暖和溫馨。

終於，在我們網上約會的第九天，我要他打電話給我，網上約會「退化」成電話約會，又談了數天，我以親自下廚為由，約了他見面。

我一向愛做菜，可是自從一個人住，已很少煮。一個人很難買東西，而且一個人對著四菜一湯，更是叫人發愁。所以這段日子往往煮飯癮起，就喜歡大宴親朋，請朋友來吃飯；我喜歡家中多人熱鬧的感覺。

為了這頓飯，我準備了兩天。為了營造浪漫氣氛，只好放棄拿手小菜椰子煲竹絲雞、黃金蝦球與東坡肉，改做西餐── 牛排、紅酒、意大利雲吞……怎樣也比東坡肉浪漫吧！

Kelvin準時來到，我打開門，和我記憶中有點不一樣；除了那一團的白光。

他沒穿西裝，牛仔褲、白球鞋、條子恤衫與一件開胸毛衣，但依舊的白濛濛，似是從夢中來的人。可能是家裡正放著 Annie Lennox的《Medusa》，天使般的女聲似從天上飄下來。

Kelvin脫了鞋子放在鞋櫃上，就站在原地不知所措了，看起來很緊張，我亦是：「你自便，那邊是我說的CD櫃，你隨便，我……十分鐘後可以吃東西了。」

他沒有換CD，也禮貌地站在廚房門口看我煎牛排，我不敢轉頭，但感覺他的眼睛一直在緊盯著我的背面，射穿我身體。

我家已沒有大餐桌；但凡是多人用的東西都拋棄了；我們並排坐在沙發，保留著一小寸的安全距離，食物都擺放到小茶几上，話不多，只由背後的微型

音響組合自由地放送著音樂，替我們說話。

我的微型音響一次能放四只CD，隨意地播著 Annie Lennox的《Medusa》、Sarah McLachlan《Surfacing》、The Cardigans的《Life》與王菲的《唱遊》，都是輕飄飄，不沾地氣的女聲。

飯後，我們也沒有特別談些甚麼，繼續坐在沙發上聽音樂，喝花茶與看我的舊照片。

當揭到一張剛出生時的裸體照時，Kelvin笑了一下，我看著他，可能是紅酒的關係，他的臉很紅，手不自覺地拖著他的手。我們的手都同樣的冷，而且濕。我很快便用唇在他潔白的臉上碰了一下，也是涼的，似吻一塊雲石。

我慢慢站了起來，拿開他手上的相簿，手上的茶杯，每拿開一件東西，都吻他一下。他突然激動地站起來，用盡力抱我，似要把我肺裡最後一口氣給擠出。

我似是要死了，眼前彷彿只有光，也嗅得到那陣叫人舒暢的味道，耳邊聽得見他的呼吸聲，後面是Sarah McLachlan在唱〈Angel〉：You're in the arms of the angel. May you find some comfort here？

我慢慢地抬起頭，看著他，側著頭，移近他，接觸到他變得溫熱的嘴唇，他的舌頭，開始時很生硬。但「Love is a good teacher」，他開始漸入佳境，每一個吻，每一下都很用力，彷彿我是一縷煙，抓不住的。

那天晚上，我們最後躺在床上，一件衣服也沒有脫過，但我感到從沒有過的

滿足與安寧。

You＇re in the arms of the angel.

May you find some comfort here？

第一次約一個談得來的網友見面，
你會有甚麼期望？

「哈！我會覺得他會是陳啟泰[16]。」

「陳啟泰？」我有點驚奇。

「我的理想情人品種。其實我還很少女的，每次都會幻想這次應該就是真命天子了，當然大部份時間都是失望居多，所以約網友出來見面的時間很重要，例如約在happy hour見面，可以的就繼續晚飯，不行的就扮作之後仍有約會，走人。不過就算不行的，我也會很有禮貌和人家喝一杯才離開的。最怕就是那些看不對眼，但事後又瘋狂地傳簡訊給你的，好恐怖！」

「那你就算給人『彈鐘』[17]，也不會找人的吧？」我追問著。

「呀！我覺得最難受是當你和一個網友在**happy hour**，他甫坐下就和你說：『我八時約了朋友吃飯，要先走，Sorry！』因為你完全能明白他在想甚麼。」

—— 阿斌，三十九歲，專業選美專家，雖是愛幻想港女型，但條件優厚，等待真愛回來。如有貌似陳啟泰者，請與小弟接洽。(但不清楚是「殭屍」造型還是「百萬富翁」造型的陳啟泰。)

16 陳啟泰：香港電視藝員。代表作是香港版「百萬富翁」主持人。
17 彈鐘：香港俗語，出處是夜總會。當媽媽帶小姐出來，人家不喜歡那小姐，叫她回去，換一個出來，這動作便叫「彈鐘」。

3.5

我和 Kelvin戀愛了。

那時正值冬天，和他的戀情，給我溫暖的感覺。開始時，我也感覺是盡了
力，拚了命的，原因是我不懂得如何談戀愛。以前那些，根本就不是建立
「戀愛」關係，只是建立「做愛」關係。

我一向認為女同志比起基佬更懂得保存感情，所以找來凱西討論如何談戀愛
這課題：「當然，你之前就一直只在夜店結交男朋友，一見面就是上床，現
在這個你要三個星期才開始，從前三個星期就分手了，自然不一樣。我想你
已是時候去學習如何拍拖了。開始時記著一個字，慢！」

慢？

有甚麼難度，我一向愛慢工出細貨！

我們又從基本開始，做盡一切我沒有做過的戀愛事宜：約見面，吃晚飯，
行沙灘，看電影，看VCD，去海洋公園，一起買菜回家裡煮，還有最重要的
「打電話報告行蹤」。

直到拍拖三個星期之後，我們才發生第一次性關係──整個過程也是由我作
引導才完成。

往往在床上擔任被動角色的我，也覺得有點怪怪的。跟他上床，吻他的身
體，沒有激情，似喝一口牛奶，非常有益健康。

「我覺得這才是我的初戀。」我和Arthur說。

「是嗎？哈！我的初戀不堪回首，祝你好運。」老實說，學習談戀愛對於我確是件新鮮事情。

為了Kelvin，我的確改變了很多，減少夜蒲，同時在他的要求下，減少吸煙。剛開始時似乎有點辛苦，但過了一兩個月，也慢慢的適應下來。

我覺得自己還算做得不錯哩！

雖然付出了很多，但一切都是值得的，因為Kelvin確是個好男人。

有愛情的日子變得簡單而充實，就算只有兩個人無無聊聊的留在家中，也不覺得悶。

我終於明白人家說：「男同志有個私人地方才方便拍拖。」這句話的真諦。

身邊有些朋友，與家人同住，每天在外面遊蕩找節目去，不止錢用得多，也實在是件苦差。

我和Kelvin經歷了聖誕節、除夕、農曆新年與情人節。說起來也奇怪，雖然之前我的戀情不絕，但很多都在大時大節前分手，就似是老人家說病人過不了這些日子，是牛頭馬面要交數呢！

第一次有同一個人陪伴我過盡這些節日，兩個人拖著手看著海旁的燈飾與大年初二的煙花匯演，的確是浪漫而窩心的節目。

早幾年，每逢佳節，都是在夜店裡過，心情永遠處於失戀與等待戀愛的狀

態，看著人家一雙一對，心裡就更是既恨且妒。

不知不覺，我們一起了三個月，又來到九九年的春天，照照鏡子，我竟多了一點「戀愛肥胖」。

人是貪心的，當感情漸漸變得穩定，我又漸漸地懷念起夜蒲的日子，於是我就開始有更多的願望想要滿足。

首先，我希望他能多在我家過夜。到底他仍是與家人同住，很多時候都只能在我家逗留至半夜，一星期只能有一晚過夜，要是有天能同居，就實在太完美了。

第二，我也希望Kelvin與我的朋友見面。說到底，過去幾年難過的日子，全賴他們陪著我。可是這數個月，因為拍拖，也很久沒有與朋友見過面。我見得最多的，就反而是「mIRC幫」。見得多，也漸漸能明白為甚麼他們比較少到夜店，比較收斂，看上去完全不似同性戀。我們的不同只是我把錢與時間投資到衣服健身房與CD上，「mIRC幫」就放到電腦或其他事物上去。

我既能和他們做朋友，那Kelvin也是否可以和我的朋友一起玩？要是可以，那不就是一家團聚天下太平了嗎？

突然我腦海中出現一幅我們拖著手，出席朋友聚會的幸福畫面。

我估計問題應該不大，凱西，Phil和Arthur他們都是好人，雖然有時說話有點「嗮核」，但 Kelvin能接受我，不就等同可以接受他們了？

為了那幸福的畫面，我著手籌備我的「男友會見朋友計劃」，當然由級數最低的開始。

四月復活節假期，我約「四朵金花」去吃自助餐；至少他們都不抽煙，人數又不會太多。

自從「Why Not？」開始有小朋友入侵，我們已很少上去，他們又不太喜歡到Disco，所以我們的見面時間也減少了。

當然另外的原因是Phil開始拍拖之餘又要上課。Raymond正為了新認識的一個人而心煩，他和「心煩漢」天天見面談三小時電話，可是那人卻永遠不表白，拖拉已有半年——著實是浪費時間。阿德亦開始跟另外一班朋友到大陸尋歡。故大家聽到我有拖拍，也著實為我高興，一起吃飯去。

那天在九龍酒店，我們四個甫坐下，就似是相思病發，一坐下來就說不停，連食物也不想去拿，Kelvin自然沒法子插嘴。

當他再見到Phil與Raymond兩個在互相打來打去，已經開始皺眉，他眉心寬，可是一皺起眉來，中間清楚地現出三條紋，直與「川」字無異。

Phil問他：「你們怎樣認識的？」

Kelvin竟然做出一個我意想不到的舉動，他向後退半步，躲到我身後說：「我不知道，你問Clive。」

從前在夜店，最怕見到這種幸福弱女狀。

這種couple往往是一大一小的；不管是年紀，身家還是身材；你問小的那位任何問題，他就會突然間縮到男朋友身後去說：「我不知道，你問他！」，又或是悄悄地在大的那個耳邊說了，要人家代答。

這種幸福弱女，彷彿一拍拖就沒有獨立人格，故以此行為來代表不懂得招架、害羞，加強那個大的滿足感，就似那些讀沒有兩年書的演藝人，一做錯事就要經理人出來擋駕一樣，一直為我們所不齒的。

我認識Kelvin數個月，雖然有點內斂，但也是個正常人，而我也不似那種大男人，誰料得到他竟有這種幸福弱女姿態？

黑臉。

我當然黑臉。

這樣失禮人前，怎能不黑臉？

我壓著自己的脾氣，回到家後打電話給他。

對於我的黑臉他沒說甚麼，只是解釋說覺得有點不太自在：「我很少和一大班同志一起上街的，希望你明白。不過你會否覺得他們很……很『明顯』？」

對！Phil他們的確是比較「明顯」的基佬——基佬穿衣說話行為似基佬有甚麼問題？

難道要似他那班「mIRC幫」，先是外表上看不出；大家理應明白是怎樣；平常不是相約在夜店，就是約在某朋友家裡搓麻雀，要不就是上網，很少在街上走動。

要是這事發生在一年前，見他這般欠大方，我早就大吵大鬧說分手了。

現在我見識多，大概也可以比較理解他的舉動，這次就算了，可是不得不糾正他的想法。

我心裡盤算著，既然他這樣怕基佬，下次不如就令他舒服一點。第二階段的「男友會見朋友計劃」，讓他認識女同志們。——這次兩男兩女，不覺得「明顯」了吧！我約了凱西與她的新女朋友Leisha一起去到港威戲院看由金城武、梁詠琪與莫文蔚合演的《心動》。

之後，我們去了吃晚飯。我們坐在尖沙咀的寧記麻辣火鍋店，希望從煙霧迷漫的環境中，減少他的不安。

從外表上看，凱西雖是TB，但白皙的小方臉上帶著一副黑框眼鏡，頭髮後面剷青，面前一小撮頭髮輕輕的掩著眼睛，有點似鬼太郎，看起來也是個文化氣的女孩子——至少仍看得出是個女孩子，而Leisha就更是瘦削，尖臉龐上一大把蓬鬆大捲髮，愛穿有豹紋衣服的艷女。

經過我之前的警戒，凱西與Leisha不敢亂發問，Kelvin的幸福弱女姿態也沒有出現，大家倒也一直笑意盈盈禮貌周周。

可是當Kelvin一見她們拿出煙來，那個「川」字又來了，再加上我們又一起

談論戲裡的三角關係，莫文蔚的TB裝扮是否正確⋯⋯我斜眼瞥見 Kelvin眉頭的「川」字漸漸由三條變成一條，連忙把話題轉到工作上去。

事後在電話裡我問他這次會否覺得好一點嗎？

「他們好一點。不過凱西是男，Leisha是女嗎？」他問。

「甚麼又男又女的，他們兩個都是女人。正如我們，哪個是男，又哪個是女？別陷入異性戀的性別定型裡⋯⋯」我終於爆發，來了一次兩小時性別講座。

如果這兩班比較溫和的朋友已經叫他驚惶失措的話，如何能帶他見Arthur這班，開始時我也要用一段時間才能夠適應的人間極品？

「你介意嗎？」一天晚上，我和一班朋友如常於Arthur家裡聚會，我問Arthur說。

「不介意，他不是我男朋友，更不是我朋友。只是⋯⋯你覺得他適合你嗎？你這個人是這般的豁出去，他卻又是這般的收斂。你能接受一個不能很open地承認自己性取向的男人嗎？」

「我怎算是豁出去。家人不知道，公司同事也不知道，唯一come out的直人是我的中學女同學。」

這時友人Eric搭腔：「你不豁出去，那每天去健身幹甚麼？上次在中環，說要找個男人在中環拖手走一圈的是誰？還穿這種貼身低胸衣幹甚麼？要考TVB

藝員訓練班[18]？」

「是嗎？我有這樣out嗎？」

「是的，你不覺得嗎？」Arthur反問我。

Eric又說：「不過聽你說，Kelvin是這樣內斂……即是怕人知道他是基佬的話，還是不要帶他見我們，我怕一見，即時分手。我不知到那兒去找個男朋友還給你。」

我拿著酒在一邊坐下來，細心想想，的而且確，我變了。

剛出道，和阿明一班人在街上走，見到比較camp，娘娘腔的朋友，就會突然墮後，那距離可以是相隔半條街的。但現在，雖然是流行，但我竟會穿低胸貼身衣，一班人在銅鑼灣街頭走貓步，在餐廳大談：「喂！你男朋友……」，有時太過張揚，遇到路人不友善的目光，還反轉頭會睨視對方……

我是甚麼時候變得這樣豁達了？

但重點是，我豁出去，又覺得舒服並不是壞事，我反而以為是進步—— 一個基佬能接受自

18

TVB 藝員訓練班：TVB 電視台辦的藝員訓練班，很多現在的天王巨星，都出自這裡，比如周潤發、劉德華、梁朝偉等。

己的性取向及一切的次文化，不是好事是甚麼？

可是Kelvin，我能令他進步嗎？

要是不能，我又如何去平衡一個這樣內斂的男朋友與凡事豁出去的朋友——他們對我來說是同樣重要的。

好朋友不喜歡你的男朋友，可以怎辦？

男朋友不喜歡你的好朋友，又可以怎辦？

當然是改變一個人容易過改變一班人，何況當你認同的是你的朋友。

老實說，我這樣的出盡法寶，是因為我覺得自己以前太容易放棄，一不合就說分手。

這輩子從沒有試過跟一個男人超過半年，Kelvin給我的除了是初戀的感覺，還有令我情緒穩定下來的能力，每每情緒不穩定，我都會打開抽屜，看見他放在我家裡的衣服，都會有如釋重負的感覺。

現在既然我是一個社工，社工相信人是可以改變的，為甚麼Kelvin不能？

據我的專業分析，Kelvin除了對同性戀的外顯行為有點抗拒外，基本上，於同性性行為上，證明他絕無抗拒，還非常好學與大膽創新。

再者，他待我很好。比如去年我們一同去看「唱遊大世界王菲香港演唱

會」，等了半年仍未有原音CD推出，這時他發現網上有一個網站可以下載，於是他把整張唱片從網上下載回來，燒到CD裡送給我作為生日禮物——別以為下載容易，56k年代，除了經常斷線，速度又慢，要下載一首歌所需的時間，是以小時為單位的，除了耐性，還有那pNet費用，比買一隻CD更費人力物力。他做了這許多，就只因為我喜歡。

此外，他還為了我做了很多很多我一生難忘的事情。

他事事為我著想，可是我……誰人沒有小問題，我就更是一大堆，為甚麼我不能多給他時間。

我明白，要改變一個人也不是件容易事，可是我也能一步步接受Kelvin的「mIRC幫」，他為甚麼不能為我作出一些改變。羅馬不是一天建成，世事沒有這樣順利的。

當我正打算慢慢改造Kelvin，增強他性格的柔韌度的時候，他真的出現了轉變。——我忘了，退步也是種轉變。

一個星期六的晚上，那已是盛夏，我們如常的在家裡吃飯，做完愛後仍有點早，我們親密地吻在一起，難得一星期有一次他能在這裡過夜，我們都十分珍惜的。

「你要先去洗澡嗎？我想到露台那邊抽煙。」我平躺在床上，看著側身躺著的他說。

可是今天晚上，他的眼睛，似乎有點猶豫。

他沒有說話，於是我追問道：「怎麼了？有事發生？」

「不是……我……」

我最怕他吞吞吐吐，對著男朋友，有甚麼不能說的：「說吧！」

「我……今天晚上不能在這裡過夜了，家裡的人好像有點懷疑。你知道我在這裡過夜，都藉口說到朋友家打麻將。那天媽媽問我，為甚麼最近都經常打麻將，而且又整天有男人打電話來找我。我……怕她知道。」他說著，低下頭來。

「這是事實，她遲早都會知道的，不然你想騙她一輩子？還是過幾年找個女人結婚？」一聽到他的話，不知怎地怒氣沖沖的，見他不說話，又來那委屈狀，我就更是無名火起：「那以後怎辦？一星期過一晚夜變成一個月一晚？哈！不，是你突然由很喜歡打麻將，變成不喜歡打麻將了？等等……你再說一次最後那兩句話。」突然間，我想到一件更重要的事情。

「怎麼？」

「你說你媽問為甚麼整天有男人打電話給你，而你今天又辦了新call機，你的意思是說我以後不能打電話到你家裡找你？」

他怔了一怔，才點了點頭。

「好，我去洗澡。」我說著站起來。

他一手拉著我，懇求的眼光：「你別生氣⋯⋯我也沒有辦法。」

我停下來轉頭對著他説：「你比我大，廿八歲人還是這樣子怕事，我也沒辦法⋯⋯」

「你想我怎樣你才滿意？」

「我不知道⋯⋯Arthur他們今晚去『Why Not？』，是他男朋友Ambrose生日，本來我推辭了，但現在你又不能過夜，我想我又會去了。」

「你不是答應我以後少去夜店嗎？」

「我還答應過你很多，我答應過你少抽煙，答應過你會整理房間⋯⋯你又能答應我些甚麼？」我氣上心頭，把排在床邊的小説一手掃到地上去：「這就是我，我一直都是這樣子的。而且今天是星期六，星期六晚我不想一個人過。」説罷，我去了洗澡。當我洗完澡出來，Kelvin離開了，茶几上留下了一張字條，上面寫著：「對不起！你今晚玩得開心一點！Kelvin。」

當我乘著111號巴士去銅鑼灣的時候，傳呼機收到一個留言：「Kelvin：I love you！」

看著，我心裡有點不捨，剛才或者太過衝動了：「喂！請你和機主説，對不起，我今天晚上不會玩得太晚，明天再通電話。」

來到「Why Not？」，剛好趕得及切蛋糕，大家見我來到，都有點驚喜。

那天我又似是從前夜蒲的日子，喝酒唱歌，可能有好一段日子沒有出現，之前知道的A和B正在拍拖，又已經來了一次大執位，我努力地updated info.，大約二時許，又到「小甜甜」¹⁹ 吃消夜。吃罷我們一班十多人站在駱克道，商量要否到中環繼續，我卻決定要離開。

Arthur問我：「難得出來，不和我們去中環？」

我搖了搖頭説：「不想玩得太晚了。」

「你沒事吧？」

「真羨慕你。可能是太久沒有蒲了，今晚實在盡興。有時我想如果Kelvin也能像Ambrose般愛蒲，可以一大班人玩得這樣高興，那就好了。」

「一家不知一家事，他不好的地方你不知道，重點是你能否承受這重量。不過如果你認真地覺得這是犧牲，那就很危險了，放鬆。」Arthur説著，點起了一根煙。

「知道。」我笑著説。

「喂！有車，要走了，明天電話聯絡，再談。」

我和眾人一一吻別，看著他們上計程車離開，我一個跑上到官塘的通宵小巴，心裡想：「我要怎樣做？」

19

小甜甜：當年香港一家著名的糖水店，取名自著名漫畫《小甜甜》。

你不喜歡好朋友的情人，會怎麼做？

「我覺得能和我做朋友的，應是大家都share同一個價值觀。所以好朋友一時受到性慾蒙蔽，交了一個不正確的lover，我是不會作聲的，因為我堅信他們會很快分手。」

—— 肥，三十三歲，廣告公司客戶服務總監。廿五歲才 come out，喜愛閱讀，尤好亦舒，對男伴類型有點搖擺不定，近年獨身。

3.6

我和 Kelvin很快就言歸於好，讓步的竟然是我。

誰叫我當年選一個這樣的男人。

雖然我覺得事實就是事實，可是他又這樣怕家人知道他的性取向，我就是不認同他的不平等條約，也得繼續下去了：

首先，我不得打電話到他家裡去。有事找他，就只能傳呼他，等他回覆。

第二，他不能經常在我家過夜，星期六，也只能陪我到十一、二時，就得趕著回家報到。

這或者並非一件壞事，皆因，我開始發現自己的陰暗面。

白天，我是個導人向善的社工；對著Kelvin，我是個稱職的男朋友，精明細心，噓寒問暖，見他的朋友時也大方得體——我還會做飯哩！

晚上，我是個愛流連夜店的蒲精；對著朋友，爛酒爛煙爛口爛玩，在夜場朋友處處，到處吻。記得我說過：吻Kelvin就似是喝一口有益身心的牛奶，可是只有酒精才會令人情緒高漲。所以我應是對健康生活敏感，卻享受人家看不起的蒲精生活——我更愛自己的陰暗面，那一面更性感、浪漫、自由。

可是禁令實施後，我們的感情迅速冷卻下來。

他在我家過夜，性活動亦開始變得索然無味，因為邊和他做，心裡卻在想：「不知Arthur他們今天在『PP』是否好玩？」

Kelvin不能過夜的日子，我心裡卻禁不住的雀躍起來。一吃完晚飯，我亦擺明車馬，快速做完愛，好趕得及十時半前進場，便宜八十元；就似是讀書時，趕快做好功課，為了要和朋友出街玩樂——Kelvin既然不能陪我，那我夜蒲他亦無話可說了。

我開始明白，好萊塢電影中的主角常興奮的說：「It's better than sex！」的真正含義。

當然，我接受這條件，是因為我們有一個願境。

Kelvin給了我一個驚喜。

有一天，他給我一本售樓說明書：「我買了一個單位，十一月尾就可以入住，那時我來過夜就不用再編藉口了。」他說著，眼裡露出興奮的神色。

香港人，果真是買樓似買菜：「嚇死我。你甚麼時候買的？你打算搬出來住？」

「其實我看了很久，這陣子樓價又似是要升上去，所就決定買了。不過我不是打算搬出來。我只是想有時和你去過夜，對家裡又不用藉口，那多好！」

你們怎能說Kelvin對我不好呢！

很多時候，他會為我做出意想不到的事情：「你為了我買這個單位？」

「也不算是，當作是投資……而且你不是說你大姐姐聖誕節會回來香港兩星

期，想來你這兒住，好節省一點房租？那不是可以暫住在新屋那邊嗎？怎樣，喜歡嗎？」

好大的一個投資，可是我心裡卻想：「你為甚麼對我這樣好？」

「是嗎？」我頓了一頓說：「你錢夠用嗎？」

「應該夠的，別忘了我是會計師。不過，之後我們可能要節省一點了。」

「房子在哪裡？」我問。

「將軍澳。」他說。

「將軍澳……將軍澳，幾時才有地下鐵？」世事沒有完美的。

我自小住在東頭邨，距離地下鐵站只有十分鐘的路程，一走出彩虹道，就更是四通八達——我把沙田也當成是新界[20] 了。

將軍澳，沒有地下鐵，是個怎樣的一個鬼地方？

一個男人為了你買一幢房子，簡直是亦舒的小

20

把沙田也當成是新界：香港地少人多，在已經很少的地中，又有多山小平地，故居住是個頭痛的問題。自八十年代起，港英政府著地開發本以農地為主的新界區，取名為新市鎮或衛星城市。而沙田是當年第一批開發的新市鎮，到今天來到沙田，你大概不會看到一塊農田，但仍屬新界區。

説情節、是竇唯為了高原與王菲離婚、是 Madonna結婚生子……是天方夜譚。

我自小住在公共屋邨，周遭自然有些富戶，就似是住樓下那一家姓鄭的，兒子是我的小學同學，他家裡開店賣車仔麵，在新蒲崗康強街就有一幢洋樓。

小時候聽嫲嫲説起：「人家是富人，在新蒲崗²¹ 有一幢房子呢！」

「有樓 = 富有」這概念自小就深深植入我腦中，我竟能擁有一家私人單位的鎖匙，我有點不能應付。

Kelvin這一著，確是殺我一個措手不及。

但不知為何，我卻感到無形的壓力。

「他對我這樣好，你覺得這是真愛嗎？」我和 Arthur一班人在泉章居吃飯時談起買樓事件。

Eric最愛在半途搭訕，他瞇起一雙電眼，指著遠處一對在吃晚飯的男女説：「你看見遠處那對情侶嗎？」

我點了點頭：「你想知甚麼是真愛，你看這一對，兩個都這樣醜，也願意在一起，這‧就‧是‧真‧愛‧了！」

「神經病。」我説。

Arthur説：「嘩！放在你身上簡直是浪費資源。我能戒煙戒蒲的，我趕快和Ambrose分手，你過戶給我。」

「神經病，神經病……回正題，那我能怎樣？他對我這樣好，可是……為甚麼我會覺得壓力這樣大？」説著，挾了一塊霸王雞放到口裡。

「很簡單，因為你已經不愛他，可是又不懂得怎樣開口反抗。」Arthur睨了我一眼，又轉過頭去與其他人談話去。

不愛？

我怎會不愛他……Arthur這班人實在有點殘酷，還是問問溫和派。

這次會面，我覺得Phil整個人都變了，本來溫馴的眼睛，變得充滿了……激情。他似乎沒有聽到我的提問：「Clive，你覺得自己有理想、目標嗎？」

理想？……

目標？……

21

新蒲崗：香港區域，舊啟德機場所在地。其發跡只因有一個工廠區，故現在新蒲崗絕對不能算是一個高尚區域，其實連中層也算不上。而小説中嫲嫲這樣説，就可説明她的見識不多！懂得新蒲崗，只因住的區對面就是新蒲崗。

「幹甚麼？」坐在銅鑼灣點心皇，我有點大惑不解。

「我剛換工作做I.T.，我覺得很開心。你知道為甚麼，我之前不是去上了一個班，我不是不想跟你說，但其實是上課過程不能跟人說，可是這課程實在令我有很大的改變。」

「你參加邪教？」

「正經點。你知道嗎？現在我的目標是努力工作，然後將來賺到錢，開一家老人院，照顧那些無依無靠的老人家。這些事情，我以前是從來不會想到的，現在有了目標，我覺得整個人都變得energetic。Clive，這陣子你不是覺得自己很迷惘，很浪費時間嗎？我覺得這個課程對你有幫助的。」Phil說著，眼中幾乎拚出淚光來了。

「你開老人院？同志老人院？待你有錢開，我想自己差不多是時候可以入住了，留一個位置給我。」認識 Phil六、七年，從沒有聽過他一次說這麼多話。

「正經點，我是說你的目標呀！」

「怎樣？我公司要賣獎券你也沒有興趣。況且我一向有目標的，勞煩你回想一下：誰人在一邊上班一邊重讀A-Level，然後入大學？如果連我也沒有目標，那就沒有人有理想目標了。不如說回正題，我真覺得很困擾。」

可是Phil繼續在「我沒有人生目標」這議題上瞎糾纏，但我想談的是「Kelvin買了一間屋來和我同居」，於是我開始覺得不耐煩，說話愈來愈不留情面。

「這種『生命動力』課程,我上學時也聽說過,我這種『mean精』,完全不適合的,我所信的宗教教主只有Madonna。你先不遲到,再和我談這個課題吧!」

「是!就是Madonna教你這樣淫蕩,晚晚找不同人!」

……

我料不到他竟會這樣說,於是我就更不留口,不停數落他,他亦傾力還擊——這個「生命動力」課程果真有點功力!

最終這場討論不歡而散,這亦是我第一次和Phil吵架。

求人不如求己,回家找書看。

讀心理學時的其中一份筆記,是個「壓力測試表」,裡面說結婚,死人,絕症與搬家,都屬最高壓力的活動,所以現在我感到緊張,是正常的。

好!這是正常的。

我感到緊張是正常的。

既然科學化的心理學也這樣說,我的緊張是因為搬屋,而不是和Kelvin出現問題,我就放心了。

現在我要擔心的,是不到三個月就要搬家,而這次搬家,又似乎是一個誘

因，不得不幫忙了。

像我這種自小連床位也沒有的人，就如Kelvin對愛情的憧憬般，每每對未來的房屋總有不切實際的幻想。

我愛明亮而溫暖的家：希臘式的木製白色小窗框，上面掛著自製彩色的札染[22]窗簾，溫暖木地板上放一張小圓粗布地氈，格子沙發與原木餐檯，不用天花燈，改用地燈與壁燈，闢一面牆掛滿與每個朋友的合照，睡房是帶異國風情的，卡其色牆壁，原色木床，Muji條子床單，晨光射入屋中，吹起白色窗簾布，永遠像四月的日本清晨，一陣花香的味道。

不過幻想歸幻想，當然絕對明白「實用面積五百呎單位」可以放多少東西——別忘了我有經驗呀！

那幾個月，我和Kelvin似找到新玩具的小朋友，走遍不同地方的家具店，土瓜灣、灣仔、北角、中環……總之有家具店我們就去一遍，做筆記，比較價錢……雖然和lover逛家具店，有一種奇異不凡的親密感，我感覺我們的關係又變得比較穩定；可是我似乎忘記了一件事：Kelvin從沒有說過這是我和他的家。

Phil可能是對的，有目標，有理想的時間過得特別快，轉眼就到了收樓[23]的日子。

「到紙紮店買一份衣紙，在新屋的四隻角與中央位置放一個大吉，上香，然後化掉衣紙，就可驅邪驅鬼，平安大吉。」對於搬新屋，Kelvin和我都沒有經驗，我事前找神婆Catherine指點迷津。

Kelvin是否相信「拜四角」這儀式，我不知道，但至少我相信。

這屋我也有份住的，平安大吉的事情，相信他亦不會反對；我這個男朋友也算是不賴了吧！

記得收樓那天清晨，我們相約在新蒲崗吃早餐，再一起乘坐小巴進去將軍澳。來到新房子，我們都非常緊張，這輩子從未試過買有這樣大，這樣貴的東西給我擺佈。拿著一本《置業家居》，根據裡面的收樓時驗樓的指引辦事。

我們一邊檢查，又一邊拿出拉尺來：「這兒有位置放上一次在土瓜灣那家店看到的矮櫃。」「這邊做睡房好，有對流窗呢！」「你看，這窗台最好放一排CD架，我們可以坐在上面看星。」──我們興奮地討論著，有新刺激確是叫人精神振奮。

「好，這邊都檢查好了，那邊牆壁的defect（損壞），我先下去告訴管理處，你在這兒等。」

Kelvin離開，我就開始進行我的「拜四角」儀式。

22

扎染：布料染色法。織物在染色時，將部分結紮起來使之不能著色。

23

收樓：就是「買了新房子」，法律上正式接收樓宇的日子。

在四個牆角各放一個橙，怕香灰把木地板弄髒，我又先在下面放一張報紙才點香，萬無一失。至於化寶[24]，我當然早有準備。中秋節時留下了一個鐵皮月餅盒，大小剛好，拿到洗手間燃燒起來。

Kelvin回來了，他看著蹲在洗手間的我：「你在幹甚麼？」那「川」字又出現。

我有一點膽怯：「在拜四角……很快就完了，你出去等。」

這時不知那裡吹來一陣風，捲起月餅盒裡的灰燼，吹到客廳去。

他看得眼傻了，即時大叫起來：「你看，你看！你把屋弄成這樣子，四周都是黑漆漆的紙灰。枉你讀這麼多書，還這樣迷信？」

我也覺得委屈，做這些東西為了誰？「第一，迷信跟讀多少書是沒關係的。人家高官還不是每年到車公廟上香求籤？第二，我這樣做是希望大家平安，有錯嗎？」

「我也不相信這些，求你別再弄，東西弄污了，要清理是很麻煩的！」

「有多麻煩，反正你也是要裝修的。」我站起來說。

「我只是打算作小裝修，沒想過要豪華裝修。」Kelvin的聲音開始顫抖，手握著拳頭，我從沒有見過他這樣生氣。心裡念頭一轉，原來他生氣的原因是錢：「我早問過你錢夠不夠用，你說OK的。這房子我也有份住，就讓我也給一點裝修費。」

「你先付清你的信用卡欠債才説吧！」

「好……好。」我拿起在地上仍在燃燒的月餅盒，擲到洗手盆去，「砰！」的一聲，打開水龍頭，把火頭弄熄：「你滿意了？」轉頭又拿出早準備好的黑色大垃圾袋，把灰燼一併拋進去。

「你這房子的事，我以後不管了。」説著我一手拿起背包，另一隻手拿起垃圾袋離開，心裡想這單位果真有點邪門，還未搬進去就吵架，不拜這一次，將來還得了？

Kelvin追出電梯大堂，我不停地按著電梯的按鈕，電梯還不上來。

他又出這招，一隻手拉著我的手説：「別鬧，回去吧！」

我不作聲，側著頭不去看他。

「回去吧！」他又再説了一遍，這時電梯門打開，是管理處的職員，Kelvin立刻鬆開手，一見到我們就説：·「李先生，我是上來檢查單位破損的。」他看到我手上的垃圾袋，方才又説：「找不到垃圾筒嗎？在後樓梯。」

24

化寶：就是買了東西去拜拜，把那些陰司錢用火化的過程，廣東人文雅地稱為「化寶」。

我們兩個都不好意思在第三者前面發作。

結果，房子的事情我還是管了。

這次以後，我們再沒有吵架，只是於房子上的一切，我開始減低參與率，比如：催促裝修進度、確定家具送貨的日子、幫忙清潔⋯⋯之類。

可是我卻發現Kelvin的抑鬱情況增加了，有時會悶悶不樂，那個「川」字不用皺眉也已淺淺的留在臉上，就算只有兩個人吃飯也不作聲，問他：「你心情不好？」

他永遠說：「不是！」

「生氣？」「不是！」

「錢不夠？」「不是！」

既然你說不是，那就「不是！」了，但他好像忘記了我是幹哪一行的，加上和他已經一年，他的眉頭眼額，我又怎會看不出來？

人年紀漸長，有時也要學懂互相遷就，正如那金句：忍一時，就會風平浪靜了。

況且，搬家壓力實在大，故在新居入伙那天，我們也沒有再大鑼大鼓，可是當我第一天搬進這新房子，晚上睡在床上，竟找不到家的感覺。

●

甚麼是真愛？

十年後，我和禮文談起真愛，他說：「你別理那Eric亂說，應是一個靚愛上一個醜的，那才是真愛。」我們兩個都笑得人仰馬翻。

他又繼續說：「年紀大了，有時感情不一定說得準是怎樣的。我覺得最重要的就是有感覺。就好像我現在，和一個人keep在一起這樣久，有時回到家，都不一定要談很多話，但最少和他住在同一間屋，你不覺得他不應在這裡，很和諧的感覺，然後兩個人，有個伴，一輩子，我想這就是真愛了！」

—— 禮文，三十四歲，保險從業員，性格溫柔和藹，有一同居五年男朋友。

3.7

門鐘又響起來。

「還有誰人會來？」Phil説著打開大門，冷風一下子直衝到屋裡去，是Leisha。

「快關門，冷死了。」我在遠處大叫著，待門關上，繞過一個個紙皮箱來到她身邊：「真是多謝幫忙。妳今天的工作是偷運我這隻貓入境。」

Leisha皺起眉説：「客甚麼氣。怎樣？那幢大廈不准飼養寵物的嗎？」

「好像是狗不准，貓可以……但妳也可以幫我照顧牠！」説著，我把大肥貓技蘭抱起來，放到她手上去。

她又把技蘭放下，四處看看這舊房子説：「嘩！這面牆，我們當年塗了很久呢。來！我帶了相機，多拍幾張相留念。」

「爛牆一幅，有甚麼好拍！」我雖是這樣説，但又突然和Phil兩個，似參加了「America's Next Top Model」（超級名模生死鬥）般，亂擺pose。

Leisha邊拍邊説：「我女友今天有事在身，會晚一點才到。不過她會從家裡帶來自製湯圓，説你今天新居入伙，第一晚要吃湯圓的。」

她走出露台，往街外面看：「剛才坐巴士路過，這啟德明渠竟然有魚，有鳥獵食。記得以前來這裡過夜，都給臭死了。時間真的能改變一切。」

Phil説：「你家從前是聯誼會，以後不是了！」

「是呀！大家都長大了，還有誰會有空到處睡。」我又點起了一根煙。

「你又抽煙，待會我跟Kelvin告密。」Leisha說。

「別煩。妳要不要一支？」

「賄賂我？好，我也要！」Leisha也拿起了一根煙。

「你兩隻煙精。」Phil看著我們大叫。

「唉！冷死了。Kelvin那杯熱奶茶甚麼時候送到？」

對！

有時候，我們需要的，就是一點溫暖！

我永遠記得那天晚上，凌晨四時，我突然間驚醒了，全身都覺得骨痛，我發抖著，身體捲曲作一團，撫摸自己的身體，全身都是冷的，而且愈來愈冷，好像除了冷，身體已沒有其他的感覺。我用棉被包裹著自己，掙扎下床，來到廚房，想倒一點熱水，但一滴也沒有。實在想喝一點熱的東西，於是開了一罐康寶濃湯（Campbell Soup），打開煤氣爐，手伸過去取暖。我捧著湯碗來到廳中央，雙手繼續取暖，因為一直都沒有暖和過，眼睛呆瞪著金黃色的濃湯，一陣溫暖的感覺，一口一口吞進去，一碗湯喝完，似乎好了一點，但仍覺得寒冷。坐在沙發上，電視播放著十多年前的舊電視劇，我拿著風筒（吹風機）往被窩裡面直吹，一直吹，一直吹……

「Arthur，你在哪裡？我要求救。」我在電話一邊氣若游絲地説。

「我在Fringe Club……你今天晚上不是公司Annual Dinner嗎？怎樣了？」

「你不會相信的，我抽到頭獎，一部十七吋電視連錄影機。但現在流落灣仔街頭，一個人抬不回去，你要來幫忙。」

「你為甚麼不找你男朋……噢！明白，我現在坐計程車過來。」果然是好朋友。

計程車上Arthur説：「這樣厲害，頭獎，雖然這份獎品有點cheap，這部東西不過二千元吧？不過離奇的竟是要你即晚拿走獎品，幸虧你沒有穿低胸珠片晚裝。」

「不要問我，我好疲倦，還有點害怕。」

「害怕？怕甚麼？」

「司機，待會過了海底隧道，麻煩走天橋，機場隧道入彩虹道。」轉頭又對Arthur説：「你知道嗎？我是註定沒有抽獎命的人，Catherine也是這樣説過，我的財富必定是辛苦錢，不出汗水不得財。我這輩子從來未試過中獎，也沒有好運：中學畢業謝師宴，二百人買了一百五十份禮物，我是沒有份的那四分之一。小四，我種了一棵玉米，長得有四呎高，待一個星期後拿回學校交功課，就給鄰居師奶噴殺蟲水毒死。還有，我一進大學，老媽，阿嫲全過世……我實在是不會有好運的。」

「神經病。你不會想是你轉運嗎？毫無根據，你想你至少認識了我。」他安慰著我說。

「不是的，不是的！你知道嗎？我剛才上台領獎，確是興奮了一陣子，可是半小時不到，我坐在路邊等你來接我，愈想就愈覺得不對勁，可能是習慣了沒有，突然中獎，心想好運沒有可能會發生在我身上的。於是我就更肯定，跟著會有壞事發生在我身上。」

「Catherine的確是有點功力，可是你也不能這樣迷信呀！別亂想，壞事就不會出現……正如你說，家裡已沒有甚麼人可以死的了！」

「待會回家我占一次塔羅牌看看。」

雖然 Arthur這樣說，而他的話我是一向信服的，但那是宿命性的惡運呀！

不祥的預感，仍繼續在我身上揮之不走。

兩天之後，大姐姐一家回港，兩公婆連同三歲的小外甥。之前我特別請了一天假，用消毒藥水清潔房子，把衣服、CD，與最重要的同志書刊搬到將軍澳，最後把電腦上的瀏覽紀錄全部刪除，確保萬無一失。

難得一家人聚頭，除了平安夜要陪Kelvin，其餘兩晚我都和家人一起過，晚上又趕著參加Arthur的兩個聖誕節派對，每晚喝得醉醺醺才乘計程車回去將軍澳，本來已經累得要死，可是假期一完結，因為搬到將軍澳去，每天又得提早個半小時起床，人覺得非常疲倦，有點頭昏腦脹，傷風感冒咳嗽一起侵襲，可是這陣子青少年人都放聖誕節假，是工作的高峰期，趕忙去看了醫

生。吃了藥仍是頭昏腦脹，還有點耳鳴，也只能繼續支撐著上班。

Kelvin不是晚晚都能來陪我，一個人住在遙遠的將軍澳，濃烈的「新房子」氣息，加上四周很靜，對面地盤又有野狗特別愛在午夜狂吠，不習慣，實在是不習慣。

大姐姐回來了數天，又跟大哥一家回大陸玩過三天兩夜，才有機會回家睡兩晚——我第一次覺得家裡這張床是如此舒適的。

兩天之後就是千禧年來臨的大日子，那天下班之後，正準備轉車回將軍澳去。因為Kelvin明天請了假，所以今天晚上會來陪伴我。

我下班後在旺角買了壽司和湯圓，與新出版的翻版日劇VCD，坐在98C巴士上回將軍澳去。

雖然經常睡眠不足，又煙又酒，但到底年輕，加上回家睡了兩天，感冒已好了七、八成，可是卻仍然咳嗽得非常厲害，似乎連肺也給咳出來了。這可不能給Kelvin知道，不然他又會說教，叫我戒煙，開口埋口是：「為了我好……」這句是他近期的口頭禪。

朋友介紹我喝某國產「蛇膽川貝液」，見價錢不貴，我抱著一試無妨的心態買了一盒，一喝，果然好轉了不少，國貨也真的有點功效。

正當我在巴士上迷迷糊糊睡去的時候，傳呼機響起了。

可是我實在太過疲累，心想：「這份工作真要人命，下了班仍經常要應付那

些小朋友們。」打算回到將軍澳再回電話，故隨它響，沒理它。

可是過了不久，又響起來，然後再不停地響了兩次。

那有這樣樣緊急？又弄大女朋友的肚子嗎？

不情不願地從背包裡取出傳呼機，竟然有四個未看的留言，然後傳呼機又再響起來。

我按著上面的按鈕，一看，先是呆了，然後臉上一陣火燒的感覺，心裡一直罵：「低能！神經病！白痴！……」

到我看罷八個留言，拿著傳呼機的手在震，我覺得又生氣，又委屈，為甚麼他要這樣子？

那八個全是Kelvin的留言。

原來他今天早下班，一早回到將軍澳去。他説不知如何面對著我説，於是就利用網上傳呼的功能，給我送來這些留言：

留言一：Dear Clive：有些事我不知如何當面對你説，可是我實在有點忍不住，一定要對你説清楚。

留言二：我發現你在我的家裡做了一些事情，令我覺得非常不開心。希望你能有點改善，因為

留言三：這房子很貴，我想大家都要好好愛惜。

留言四：1.請用完洗手間及廚房後記得關燈及抽氣扇，這是很浪費電力的。

留言五：2.請不要在床上，或是電腦檯上吃東西，尤其是薯片、餅乾之類，因為很多餅碎會掉

留言六：掉到縫裡，很難清理。3.請不要在客廳裡抽煙，只能在廚房抽煙。

留言七：4.晚上看電視不要太大聲，會有人投訴。

留言八：5.請你好好遵守以上的規則。

你是我，正在回「他的家」見他，卻在車程中收到這些「戒條」，你會怎樣做？

我氣得整個人都爆炸了，我氣他為甚麼不早說，而且之前我已問過他一千次：「是否有問題？」而他回答我說：「沒有。」

那你現在投訴些甚麼？

令我最難堪難受難過的，是他留言中「我的家」三個字。

不是我猜度他，這是真的，他親手打的「我的家」「我的家」「我的家」，鐵證如山。

那裡果然不是「我們」的家，是「他・的・家」，那當日我興奮些甚麼。

拿出手提電話，本想打電話給他，好好大戰一場，可是我想要當面對質，於是這一程巴士，就更覺得長路漫漫了。

我一下車，立刻飛奔上樓，可是他卻已離開了，在我們一起挑選的餐桌上留了張字條：「明天晚上，我們再談。」

看不見他，我整個人似是爆開來。

談？

談甚麼？

現在你是不敢和我談！

好！你都搜集好證據，一來就是結案陳詞了，還有甚麼好談？

我走進了房間，打開衣櫃，把所有屬於我的東西，一併放到一個膠袋與一個黑色大垃圾膠袋裡去。邊收拾東西，邊咀咒著：「早知當日就不收拾這許多東西過來！」

臨離開時，我又在他那張字條上寫：「我們不用再談！你認識我第一天，就應該知道我是這樣子的！我們分手。Clive」

坐在計程車上，我打電話給Arthur：「咳咳咳，Arthur今天先收留我一晚，

詳情我再跟你說，咳咳咳，現在我氣得說不了話。」

有誰還說那頭獎沒有毒？

中獎不到兩星期就分手了。

更不幸的是我坐在計程車上，朋友們都說計程車邪門，果然……明明莫文蔚在香港又不紅，為甚麼會播《回家》的？

「回家／趁你還是我愉快的回憶 ／ 趁我還沒有被你消化 ／ 以吻別的方式告一個長假 ／ 回家 ／ 趁還沒有被你趕回家 ／ 趁亡命也未算可怕／我著漏的裝束送給你懸掛……」

這個電台DJ真是要了我老命，我邊咳嗽，邊哭泣，把口水、痰、眼淚都弄到紙巾上，下車時已儲了一大堆。

來到Arthur家，先喝酒，吃了杯麵之後，仍是喝酒，坐在地氈上談起事情的來龍去脈，我也沒有哭。

自從經歷過兩年前那段男人來來去去的日子，早就說不要再為男人哭，我亦沒有再為男人哭過；我只會為自己的寂寞而哭泣。

我的個人事情，不敢麻煩到朋友，他們亦不多過問，只是給予我最大的幫忙。於是這個星期，我在各朋友家裡暫住，直至我大姐姐回澳洲去，名符其實變了個「到處睡的男人」。

Kelvin找了我很多次，但我都不聽他電話，可能有朋友相伴，每天晚上笑嘻嘻的又過一晚，不覺得傷心。

又或是Arthur説得對，自從 Kelvin買樓，我心裡想：「為甚麼Kelvin要對我這樣好？」的時候，就已是注定要跟他分手的，只是一年，我們的愛情已變成了責任。

回歸東頭邨的第一個晚上，玩著塔羅牌時，我常對自己説：「現在沒有愛情，也有一大班朋友陪伴，也是不錯呀！」我開始驚覺這口吻，有點似阿明，我的結局會似他嗎？——半年前碰見他，他在夜店吃藥吃至有點不醒人事。

可能這一次和Kelvin的關係比較長，加上這次超長久的感冒，看上去又瘦又黑。分了手兩、三個星期，在夜店，也沒動力結交朋友，彷彿拍了一年拖，喪失交男朋友的功能。

年廿六那天，我下午回到家，電梯大堂坐著一個人，是Kelvin。

這次籌碼在我手，我已覺得無力吵架。

來到我家，Kelvin先來就是退了一大步，於一些細節上願意讓步，例如：可以在電腦檯上吃東西，但必須清理乾淨。而我亦自然禮尚往來，以後到後樓梯處抽煙……，所以我們又再一次復合了。

Arthur的回應是：「這遊戲很好玩嗎？」

「從沒有沒男人等過我的⋯⋯況且他求我呀！我受不了人家求我！」我說。

「我求你⋯⋯把所有錢給我！」他笑著說。

「不是⋯⋯而是，這兩星期跟你們一起出去，看見那些人⋯⋯我實在很厭倦再重新一次做那求偶的過程，甚麼相識，吃飯，看電影，互相認識⋯好辛苦！」「辛不辛苦，是要看對手的。」

「Kelvin待我其實很好，只是人有點固執。」

「是嗎？隨你喜歡，又不是我男朋友。」他說著，點起了一根煙，才又說：「你咳嗽未好，不准抽煙！」

「好！可是我又有點不明白，Kelvin第一天認識我就知我有這許多壞習慣，當年也不說甚麼，過了一年又拿來嫌棄，你說他是想甚麼？」

「所有思想單純的人都以為有能力改變對方的壞習慣，又自己以為付出了很多，要拿回報。結果，不成功，就惱羞成怒起來，有甚麼辦法？⋯⋯早叫你別跟處男戀愛！」

那件事以後，Kelvin也不敢對我怎樣挑剔，當然我也是個懂事的男朋友，他那「七大紀律，八項注意」也盡力地跟足。再加上農曆新年的氣氛下，我們這次的復合也是頗為和諧的。

只是，我再也沒有把東西放在新屋裡！

農曆新年假期之後，我的咳嗽仍是時好時壞，「蛇膽川貝液」喝了一盒又一盒，當我正在想是否要戒煙時，我持續發燒兩天，家庭醫生說聽到我肺裡有雜聲，建議我入急症室。

回到家，我傳呼了Kelvin，可是等了一個小時也沒有回覆，我和Phil仍在吵架中，凱西是女孩子，終於還是請Arthur與他男朋友一起把我送進醫院急症室去。

退了燒，醫院又立刻把我趕走，醫生巡房時對我說：「許先生，從你的肺片看，你應是肺癆病，你明天到九龍醫院胸肺科『種痰』，再由那邊的醫生決定診治的方法。」

甚麼？

我有肺癆？

這病不是已絕種了嗎？

●

戀人第一天認識你就知你有這許多壞習慣，

當年也不說甚麼，

過了一年又拿來嫌棄，

你說他是在想甚麼？

「沒有想甚麼的，他至少是想你有進步，只是進步，每個人的想法都不一樣而已！就似我當年的男朋友，他的確為我改變了很多，為了我晚上進修，怎料卻因而認識了第二個人，所以我們就分手了。他嫌我不夠上進。所以有時你強迫他，往往會得到一個你不想要的結果的！」

—— 大 B，三十四歲，老師。現在有一名同居男友，感情穩定。

3.8

「凱西，昨天我學到了一件事。」那天凱西和女朋友Leisha來九龍醫院探望我，我們坐在草地上説。

「甚麼？」凱西笑著問我。

「你知道嗎？原來肺癆的簡稱是TB。」凱西旁邊的Leisha大笑著。

「你真是病嗎？你好無聊呀！」

Leisha笑罷才問我：「你真的可以嗎？我們都很擔心！」

「現在沒有甚麼東西比起康復更加重要。」説著我拉高上衣問：「你看，多瘦，我只有一百一十磅。從前拼命不吃東西、做運動，現在只想那些肉快回來。很難看嗎？」

她們兩個對望了一眼，凱西説：「仍很好看呀，別擔心，很快就沒有事了。」

「你家人有來探你嗎？」

「有！我阿嫂不知待我多好，一天管三餐，你知醫院餐難吃死了。今天我和醫生『講數』[25]，

25

講數：香港俚語，來自黑社會，在古惑仔電影中，兩幫人有爭吵，派人出來談判，就稱為「講數」。

211

多試藥兩天，沒問題就讓我只留上午，下午請假回家裡去。你知道為甚麼我不讓你們進病房，那兒恐怖死了，有人真的會咳出一口血來。」我瞪大眼睛說。

「別嚇我。」Leisha打了我一下，才又問：「那和Kelvin又怎會分開的。」

我低下頭，亂扯著地上的雜草：「唉！說來話長……」

第一次來到九龍醫院附設的胸肺科，經檢定，我確疹患上肺結核病。醫生跟我說，不用住院，但要每天覆診，在護士面前吃藥。只要吃藥兩個星期，就能把99%的細菌殺死，然後繼續服藥約三個月，就能痊癒。

吃藥，簡直是我的強項，可是初次見到那杯藥，紅色的子彈膠囊、大顆的五角圓大的白色藥丸、小白色藥丸……一共廿二粒，我看見旁邊正有個少女吃完藥在嘔吐。

我不理，張開口把廿二粒藥一次倒進口裡，旁邊的護士小姐一陣掌聲。

我向公司請了兩星期的病假，趁這段日子好好休息，上網、煲湯、做菜、看《美少女戰士R》、《男親女愛》，又把錄下來共四季的《Ally Mcbeal》一次過重溫，有空透過電話與client聯絡。我怕傳染，不准朋友來探病，只有Kelvin隔天來陪我吃飯，但這樣日子倒也容易過。自從大學畢業以後，也沒有放過這樣長的假。

自小也不算是健壯，但都是小病小病小病的，從沒有像這一次，咳嗽得彷彿連內臟也感覺得到痛楚。可是藥吃了兩天，身體有點反常，除了身體很冷，

感受不到到內臟，很多時候連腦袋也似是失去了聯繫身體各部份的功能，突然間彷彿只餘下一個空殼，站在路中間似在夢遊。在家裡，我又會突然間覺得很疲倦，倦得一定要立刻上床睡覺。在迷濛中，彷彿看見嫲嫲走進了廚房，關掉煤氣爐，替我蓋好被子，然後靜靜地坐在床邊看我——我嗅到燒香的味道。

這問題愈來愈大，身體似乎有點痕癢，但轉眼又沒事了。我隱約估計，可能是對藥物有點過敏，可是只要捱三個月，一點點痕癢又算得了甚麼。—— 這陣子經濟很差，再請假下去，怕連工作也沒有了，我一個人，手停口停，難道以廿六歲高齡才拋頭露面找其他工作？

我捱著，痕癢也不覺得變得嚴重，我想是身體開始慢慢適應這藥物。一個星期之後我覆診，也沒有向醫生說明。

就在那天，我依舊每朝早到診所鯨吞廿二粒藥，然後走路回家，順道到九龍城街市買菜，看看今天有沒有機會碰見周潤發。

才走兩條街，我聽見一聲打雷聲，然後腦袋就開始痛起來；看清楚，我是說腦袋痛，不是頭痛；我覺得頭顱裡面的腦漿似是在亂攪，還一直往中心裡面擠，我忍著痛，叫一輛計程車回家去。

回到家，我吃了一顆必理痛（Paracetamol或Acetaminophen，即普拿疼），抱著枕頭躺到沙發上去，眼前的視線有點迷糊，我想：「應該很快就會不痛了。」

我堅持了五個小時，到我再次有能力站起來，發現自己出了一身冷汗，看見四周變得非常光亮，似是電視畫面給調校得過份光亮。

我知道自己不行了，可是這一刻，腦袋卻轉得比平常快了數倍，彷彿想了一輩子都想不通的深奧艱難問題，一下子都解決了。

那痛楚，已經是不屬於我，身體歸身體，靈魂歸靈魂。

沒有打算找誰，或是打九九九，我不是一直都是一個人嗎？

站起來收拾了數件衣服、銀包、信用卡、MD機、眼鏡盒、手提電話、充電器……似是上戰場般，臨離開家門之前，還記得檢查所有門窗與煤氣開關，倒垃圾，在冰箱拿了一支「寶礦力」。

坐在計程車後座，看出去，四周的環境都似不認識，空氣的顏色也不似平常的污濁，一切變得很光很白很明亮，我可以直望著日落而不覺得刺眼，心境很平靜，不覺得冷，也不覺得熱，受了這許久的折磨，原來都不重要，因為問題一下子都解決了，我打從心裡笑起來，哈！……哈！

收音機正在播放王菲的〈暗湧〉：

「害怕悲劇重演 ／ 我的命中命中 ／ 愈美麗的東西我愈不可碰 ／ 歷史在重演 ／ 這麼煩囂城中 ／ 沒理由相戀可以沒有暗湧……」

司機回頭對著我微笑，嫲嫲輕輕撫摸著我被風吹起的頭髮。

到我醒過來，有個護士走過來問我：「先生，先生，你醒了？你知不知道自己的姓名？現身在哪裡？」

「我……我應該在醫院。我叫許振球。」我說起話來，連自己的聲音也好像有點認不得了。

原來那天我在計程車裡暈倒，給送到伊利沙伯醫院去。醫院找出我的病歷，把我留在內科病房，可是燒仍是不退，是藥物敏感，血壓跌至20／60，又把我送上ICU，第二天下午我才甦醒。

終於我在 ICU住了五天，只有大哥一家來探我，他穿上保護衣物來到，拍了我頭一下說：「我們都以為保不住你，怕你老媽回來罵我。」

讀中二的侄女看著我說：「你頸項插了一條大喉，連著上面有十多管藥，似一棵花椰菜。」

病情穩定才又送回普通病房，身上已不用再插喉，可是六天沒有下過床，手腳無力，生平第一次用尿壺解決，非常尷尬。

公司同事來探望我，看得出，有些是有心，有些是不好意思不來，我一點都不介意，還叫他們以後不用來，麻煩他們頂替我的工作。

第二天，精神好了點，才有空通知朋友與男朋友。

晚上探病時間，Kelvin一早就來到了，看著在床上萎靡不堪的我無話可說，對於那天不能親自送我進醫院，感到十分抱歉，他偷偷把手伸到被中拖著我只餘下骨頭的手，我倆都默默地沒有作聲。

突然遠處傳來一陣騷亂似的嘈雜聲，是Arthur率領大隊人馬殺到：「你怎樣

了？」他遠遠已在叫我，看見其他訪客驚慌的樣子，我笑了起來。

戴上眼鏡，竟有八、九個人，大家吵鬧喧嘩著，取笑我戴眼鏡的臉，又指著我那一星期沒有洗的頭髮說臭，我回說：「誰看了我戴眼鏡的樣子就要娶我的。」

「你一定是病傻了，我們這裡十個人，你要做押寨夫人？別忘了還有個女人在！」Eric說著手指向Catherine。

平常見他們都穿「夜行衣」，今天都是下班趕過來，西裝、套裝，看上去竟和平常不一樣，但一開口都原形畢露。

Eric又說：「我剛才找了個在這裡做護士長的朋友，他說會特別照顧你。」

我斜眼看著他說：「朋友？還是『波友』[26]？你可別假公濟私。」

「你放心，我相識滿天下，正如基佬也是滿天下。」他說完，旁邊探病那對母女突然用手掩著鼻子，一副鄙夷的神色。

另一個朋友Freddy放輕聲音說：「愛滋病不是依靠飛沫傳染的。」

我們一起笑起來，我見氣氛有點怪，又說：「能帶我到樓下走走嗎？一個星期沒有呼吸到外面的空氣了。」

但護士堅持我要坐輪椅才能外出，於是 Eric和Arthur扶著我下床，我腳底一軟，幾乎跌倒，要三個人才能把我扶上輪椅。

來到醫院外，天已開始黑，蟹殼青，下面一線的金黃色。

眾人推著我走，一離開醫院大堂範圍，我就說：「找人把我扶起來，一星期沒有下床，剛才都差點跌死了。再坐下去，我怕要去做物理治療，這次經歷已經夠drama queen，不要再橫加枝節。」

我左手拖著Arthur，右手拖著另一個朋友Ken，Eric在身後托著我身體，我腳步虛浮，走得有七、八分鐘，已能一個人自己走路，腳步雖有點蹣跚，但我仍堅持著，一邊仍繼續捉著他們的手：「嘩！第一次在香港拖著男人走，竟是伊利沙伯醫院，而且是兩個。」

我們在醫院裡四處亂走，去了小商店買報紙，又到了餐廳喝奶茶，盡興而歸。

坐在醫院餐廳裡，喝一口奶茶，聽他們談起上星期六在夜店玩樂時的笑話，我笑得很開懷，不記得多久沒有這般的快樂過，只是覺得現在就算是坐著喝一杯奶茶，聽著爛透的笑話，呼吸每一口空氣，都已是一個啟示—— 有甚麼比起自己快樂重要？

26

波友：本來是解作「一起踢球的朋友」。但香港人亦會暗指「性交的朋友」。

見到我的朋友們，市面上最看不起的「蒲精」、「酗酒者」、「濫交精」、「濫情精」、「同性戀者」，我才有回到了生活的感覺，對著Kelvin，就不會有這種感覺⋯⋯

Kelvin？

他到哪兒去了？

剛才他明明在床邊的？

朋友們扶著我回到床，才一一離去，經過醫院走廊，全場繼續給予我們這次「Gay Pride」注目禮──Well, I Love it!

待他們走後，我一個人在床上拿出手提電話，想打電話給Kelvin，看看他到哪兒去了，怎料，他又突然神祕出現，坐在床邊，臉上有點紅。

一見Kelvin來，心裡竟從沒試過這樣的心境清明，我知道了。

我伸出手握著他的手說：「我們分手吧！」

在過去四年，我說「分手」多過說「我愛你」，有時甚至連是否愛他仍未搞清，就已經分手了。

可是今次，我清楚地知道，我們要分手了。

Kelvin抬起頭，似乎有點不可置信，我又說：「剛才我的朋友來到，你到哪

兒去了？」

「我見你有許多朋友在，所以到外面走走。」他説。

「唔。所以他們一走，你又出現了？」他點了點頭。

我一手撫著他肩頭，平靜地説：「我當然明白你是無法接受一班這樣豁出去的基……人，可是我就是這樣的人呀。原來，我是無法接受一個不能接受自己，或是很介意人家知道他是同……同性戀的人做男朋友。」

我説到這裡，Kelvin大概猜想到我要説甚麼，尷尬地不知是要點頭還是搖頭，他説：「可是你現在病得這……」

我插話説：「你已給了我足夠的救贖，很多很多。不過……可能十年後，你可以接受這一切現在我覺得重要的事情，又或者我更能夠明白現在的你。根本我們就不適合對方，這樣辛苦為了甚麼？今天早上醫生巡房，他説我下星期身體轉好，又要回到九龍醫院去繼續治病，重新試藥，看看我是對那種藥物敏感。現在我實在很累，很病，我再沒有時間和你一起處理你的問題，精力給我留來對付這個病，好不好？」我伸過手，去按平他眉間的「川」字，他這三條皺紋，是因我而來的。

Kelvin默不作聲，一回兒，他終於站起來：「再見。」

Kelvin確是個好男人。

分手，我不堅決提出，他必定不會説，情況怎樣壞也不説，這壞人由我來當。

雖然我也不能肯定以後能找到一個這樣純品，這樣待我好的男人，可是看見穿著西裝，手挽著公事包離開的Kelvin，心裡竟有一陣解脫的感覺。

原來，我不配有一個好男人。

一年後，我和他吃了一頓飯，之後再沒有碰過面了——我不是和舊愛做朋友的材料。

幾年後輾轉聽到他賣了樓，後來又認識了一個男朋友至今，我只有祝福他快樂，也多謝他那一年陪伴我的日子。

回想，這一段才是我真正的初戀。

每每想起他，〈暗湧〉的歌詞一又聲聲在我耳邊出現：

「然後睜不開兩眼 ／ 看命運光臨 ／ 然後天空 ／ 又再湧起密雲」

到底年輕，身體經過這樣嚴重的打擊，一個星期後，我已能在醫院四處亂跑，醫院於是把我轉回九龍醫院胸肺科去。

為了找出哪種藥令我的身體出現敏感，我要逐粒藥增加來測試。再過一個星期，醫生准我以後每天早上到醫院報到，如果一切正常就可以回家去，直到第二天早上，才回醫院去試藥。

一個月沒有回家，大哥上過來數次給我拿衣服與日用品，我緊張地打開放同志書刊那個小櫃，幸好沒有被搜掠過的痕跡。

看著那一櫃子東西，我把裡面的物件都拿出來，堆在書桌邊，然後心安理得的走到露台邊，一陣快意。

這段試藥到再可以上班的時間，拖了兩個月。我每天早上到醫院，下午回家，買菜做飯，嘗試到健身房跑步。

有時Arthur一班朋友，或是凱西「兩老」會找我吃飯，但總覺得是欠缺了些甚麼。

直至那個星期五，門鐘響起，是笑面迎人的Phil。—— 我們有半年多沒見面了。見到他，我開心得要死，緊緊抱住了他。

我坐在沙發椅上喝他帶來的鱷魚肉湯，吃卷蛋，邊流眼淚，他坐旁邊看《美少女戰士R》。

「你將來開那一家老人院，給我留一個床位。」我放下湯碗說。

「好。」他回答我。

「因為我跟Kelvin分手了，這樣好的男人我也讓他走，恐怕以後要露宿街頭。」

他想了想，才回答我：「四十歲沒有人要你，我要你。」

我頓了一頓才說：「四十五吧！」

「你好麻煩，我怎會認識一個這樣子的朋友？」他笑著打了我一下。

我抱著他，又哭……我似把過去三年的眼淚配額，一次用完。

「在想甚麼？」Phil問我。

「沒有，剛才算算，原來今年是我們相識十五周年紀念。」

Leisha大叫：「嘩！有這許久嗎？」

她在身後抱著我問：「我那們要不要舉辦一個十五周年紀念演唱會？」

「好…不過其實，我想起你答應過我，如果到我們四十五歲仍是獨身，我們會keep在一起那件事。」我說。

「好了，現在有Kelvin要你，我不用守這諾言了。不過，我記得那時我是說四十歲的，為甚麼你要改四十五歲。」

「我想，我到了四十歲，還是應該有吸引力的。」他們兩個大聲反對，Phil伸手來搔我癢，這時電話響起來：

「喂！Kelvin，你快到了，好！哎呀！我叫『下人』Phil下去接你。」

三個人在露台中笑個不停。

國家圖書館出版品預行編目資料

我和我的5個Kelvin / 葉志偉著. -- 初版. -- 臺北市 :
基本書坊出版, 2012.03-2012.12
2冊 ; 14.5*20公分. -- (G+系列 ; B016,B017)
ISBN 978-986-6474-30-9(上冊 : 平裝). --
ISBN 978-986-6474-38-5(下冊 : 平裝)
857.7   101002194

G+系列 編號B016

我和我的5個Kelvin 上

葉志偉 著

責任編輯	邵祺邁		
視覺構成	Winder Design		
企劃・製作	基本書坊		
編輯總監	邵祺邁	首席智庫	游格雷
業務主任	蔡小龍	行銷企劃	小小海
系統工程	登山豪		
通訊	11099台北郵局78-180號信箱		
官網	gbookstaiwan.blogspot.com		
E-mail	PR@gbookstw.com		
劃撥帳號	50142942	戶名 基本書坊	
總經銷	紅螞蟻圖書有限公司		
地址	114 台北市內湖區舊宗路2段121巷19號		
電話	02-27953656		
傳真	02-27954100		

2013年1月25日 初版一刷

定價　新台幣260元
ISBN　978-986-6474-30-9